オ　　魔石
宝　　うこそ
家と店を追い出されたので、王都に店をかまえたら、
なぜか元婚約者と義妹の結婚式に出ろと言われました〜
2
優木凛々　Illustration すざく

contents

前回のあらすじ

ある日突然、魔道具師オリビアは、婚約者ヘンリーに婚約破棄を言い渡された。しかも、自分のデザインを義妹カトリーヌの手柄にされ、義家族に家と店を追い出されてしまう。

全てを失ったオリビアは、父が遺《のこ》してくれた紹介状を握り締めて、一人王都へ。父の友人であるゴードンの店で働くことになった。

王都で、オリビアはメキメキと頭角を現す。難しいと言われる魔道具デザイン賞で金賞を獲得し、新技術を開発して特許を取得する。そして、これらの功績とがんばりが認められ、王都に自分の店『オリビア魔石宝飾店』を構えることになった。

また、王都でも、エリオットやサリーなどの新しい友人もできた。

忙しいながらも、順風満帆な日々。

しかし、故郷では、義家族に怪しい動きが……。

プロローグ　二年後に来た手紙

それは、冷たい雨がしとしとと降る、陰鬱な午後のことだった。

仕事用のスーツを着た、青い瞳と紺色の髪の少女――オリビアが、薄暗い自宅のベッドの上に、仰向けに倒れていた。

その横に散らばっているのは、開いた封筒と二枚の便箋だ。

便箋の一枚目には、癖の強い字でこんなことが書かれていた。

『前略
お前の義妹カトリーヌが、ヘンリー様と結婚式を挙げることになった。
お前は証人に選ばれている。必ず出席しろ。
式が終わった後、店について話すことがある。
義父・カーター準男爵より』

「……ようやく生活も仕事も、うまくいき始めたのに、なんで今更こんなものが……」

暗い天井をぼんやりとながめながら、オリビアがつぶやく。

雨の音に混ざり、遠くから雷が落ちたような音が聞こえてきた。

第一章 成り上がり商人からの依頼

いつもの朝

プロローグから遡ること、一か月前。

オリビアが王都に来て約二年後の、気持ちの良い春の早朝。

彼女は、小鳥の鳴く声で目を覚ました。

ボーッとしながら目を開けると、カーテンの隙間から、柔らかい朝の光が差し込んでいるのが見える。

「朝……、起きなきゃ……」

スリッパを履いて、生成色のガウンを羽織ると、立ち上がって白いカーテンを開けた。

「今日もいい天気ね」

窓から見えるのは、朝日に照らされた白い石畳の通りだ。

通りの両側には、三階建ての建物が並んでおり、一階部分は、お洒落《しゃれ》な飲食店や雑貨屋などになっている。ほとんどの店が開店前で、昼間は若い女性でにぎわっている通りも、今は静かだ。

上空に広がる春らしい水色の空をながめながら、オリビアは思い切り伸びをした。

「さあ、今日も一日がんばるわよ！」

あちこちに読みかけの魔道具本が置いてある、やや雑然とした部屋を横切り、小さなバスルームに移動する。身繕いを手早く済ませ、白いブラウスと緑色のスカートを身に着けると、小さな台所に移動して、お湯を沸かしてパンを焼く。

そして、朝食がのったお盆を、日当たりの良い窓際の小さな丸テーブルの上にのせると、椅子に座りながら、「いい感じだわ」と嬉《うれ》しそうに手をすり合わせた。

今日のメニューは、分厚く切った四角いパンに、チーズとハムをのせて焼いたトーストと、ドライフルーツとナッツが入ったヨーグルト、紅茶だ。焼けたチーズとハムの香りが鼻をくすぐる。

オリビアは、トーストを一口食べると、ほう、と息を漏らした。

サクッとしたパンと、とろりとしたチーズの相性が抜群だ。ハムの塩気も良いアクセントになっている。ヨーグルトも同様で、甘いドライフルーツとヨーグルトの酸味、ナッツの食感がなんとも言えないハーモニーを奏でている。

「美味《おい》しい……、最高だわ」

窓から入ってくる爽やかな春風を頬に感じながら、幸せな気持ちで口を動かす。

そうして朝食を堪能すること、しばし。お盆が空になると、オリビアは仕事に行く準備を始めた。

食器を素早く片付け、窓を閉める。洋服タンスを開け、似たような色と形のジャケットが並んでいる中から、今日の気分に合ったワインレッドのものを取り出して羽織る。

そして、彼女は鏡の前で「よし」とつぶやくと、棚の上に置いてある、父母の形見が入っている小さな箱に声を掛けた。

「じゃあ、行ってくるわね」

笑顔で手を振ると、玄関のドアを開け、小さな踊り場を横切り、狭い階段を、トントントン、と軽快に下りていく。

そして、一階の突き当たりの扉を開けると、そこは店舗の隣にある、白いカーテンの閉められた薄暗い作業室だった。部屋の真ん中にある大きな作業台の片隅には、秤《はかり》や物差し、設計図など、魔石宝飾品を作るための道具や本が置かれている。

オリビアはカーテンを開けて光を入れると、店舗に通じるドアを開けた。

（……いつ見ても素敵だわ）

彼女の目に映り込むのは、落ち着いた雰囲気の洒落た店――自らが店主を務める『オリビア魔石宝飾店』だ。

店内には、高級感のあるモダンな家具や装飾品が置かれており、ショーケースカウンターの中には、自身がデザイン、製作した魔石宝飾品たちが輝いている。

(開店して八か月も経《た》つのに、未《いま》だに自分の店だと信じられないわ)

ぼんやりと店内をながめていると、ガチャガチャ、という鍵を開ける音が店の中に響いた。

ドアが開き、外の爽やかな空気と共に、一人の小柄な少女が店の中に入ってくる。

少しクセのある濃グレーのおかっぱ頭に、猫のような上がり気味の大きな眼《め》。紺色のひざ丈のフレアスカートワンピースを着ている、メイドのような雰囲気のある少女だ。

彼女はオリビアを見ると、ぺこりと頭を下げた。

「おはようございます、オリビア様」

「おはよう、今日も早いわね」

彼女の名前は、ロッティ。四か月前から、この店で働いている従業員だ。

友人であるエリオットの紹介で来た少女で、元は子爵家でメイド兼会計の見習いとして働いていたが、その子爵家が王都から地方都市へ引っ越すことになり、別の職場を探していたらしい。

子爵家からの紹介状が素晴らしいものだったことに加え、読み書き計算が得意だったことから、オリビアはすぐに彼女を採用。それ以来、店番や掃除、接客や会計などを幅広く担当してもらっている。

ちょっと無表情でそっけない猫のようなところはあるが、真面目で気が利く有能な少女だ。

ロッティはすぐにエプロンを着けると、はたきや拭き布《ぬの》を出してきて、店舗の掃除を始めた。

はたきの、パタパタ、という小気味良い音を聞きながら、オリビアは作業室に戻ると、今日の予約客の情報のチェックを始める。

そして、掃除と顧客の情報のチェックが終わって、しばらくして。

チリンチリン、と店のドアベルの音が鳴った。

「ただ今開けます」

ロッティが、ドアに手をかける。

(さあ、開店ね)

オリビアは、髪の毛を手櫛《てぐし》で素早く撫《な》でつけると、胸についているリボンの形を整えた。軽く頬を両手で叩《たた》いて、気合を入れる。

そして、開いたドアから入ってきた、身なりの良い男女に向かって、にっこり笑った。

「お待ちしておりました。ようこそ、オリビア魔石宝飾店へ」

仲睦まじい依頼人

身なりの良い男女を店に招き入れて、しばらくして。

オリビアは、店内に設置されている革張りのソファセットに、二人と向かい合って座っていた。

ロッティが、ローテーブルの上に、紅茶の入った白いティーカップを並べる。

「よろしければ、どうぞ」

「ああ、ありがとう。喉が渇いていたから助かるよ」

二〇代後半の、洒落たスーツを着た快活そうな男性――ギブソン氏が、紅茶に口をつけると、ニコニコしながら口を開いた。

「いやあ、実にお洒落な店ですね。さすがはサリーさんの紹介なだけあります。……おや、そちらのカーテンは、もしかして北の絹では？　縫製は……マルコス工房ですか？」

オリビアは目を見開いた。

「ええ、その通りです。作った工房までわかるなんて、さすがですね」

「いやいや、まあ、商売ですから、それなりには」

男性の横には、上品な淡いピンク色のワンピースを着た控えめな雰囲気の女性――彼の妻であるギブソン夫人が座っており、ロッティに「紅茶ありがとう」と、丁寧にお礼を言っている。

感じの良いご夫婦ね、と思いながら、オリビアが口を開いた。

「サリーさんからは、結婚指輪のリメイクをご希望と伺いました」

「ええ、そうです。今年ちょうど結婚一〇年目でしてね。いい機会だと思ってお願いしに来ました。リメイクして頂きたい指輪はこちらです」

夫の言葉を受け、夫人が可愛《かわい》らしいハンドバッグから取り出したのは、小さな布の箱だ。中に入っていたのは、傷が無数についた古い型の指輪。大きな立爪の中に、麦粒よりも小さい青の魔石がはめ込んである。

(意外だわ)

オリビアは内心驚いた。中堅商会の会長夫婦と聞いていたので、てっきり高価な指輪が出てくるかと思いきや、ずいぶんと質素だ。

ギブソン氏が恥ずかしそうに頭を掻《か》いた。

「なんとも貧相な指輪でしょう」

彼曰《いわ》く、一八歳で結婚を決めたはいいものの、当時は全くお金がなかったらしい。

「小さな商会を立ち上げたばかりでしてね。自転車操業もいいところで、生活もカツカツでしてね。こんな指輪で精いっぱいだったのです」

妻には本当に辛《つら》い思いばかりさせました、と肩を落とす夫に、夫人が困ったように微笑《ほほえ》んだ。

「夫はこう言いますけど、楽しいこともたくさんありましたのよ」

「……君は優しいなあ」

ギブソン氏は、感謝の目で夫人を見ると、改まったようにオリビアの方を向いた。

「彼女はこう言ってくれるのですが、私はずっとこんな指輪しか贈れなかったことを後悔しておりましてね。だから、サリーさんのところで、こちらで魔石宝飾品のリメイクを請け負っているという話を聞いた時は、天啓だと思ったのです」

折しも今年は、結婚一〇周年。以前贈った貧相な指輪を、最高級の指輪にリメイクして、改めて贈りたい。

そう思ったギブソン氏は、その場でサリーに頼み込んで、オリビアの店の予約を取ってもらったらしい。

なるほど、と相槌《あいづち》を打ちながら、オリビアは二人を観察した。

話している様子から、お互い想《おも》い合っていることや、ギブソン氏が夫人を大切にしているのがよくわかる。

（素敵なご夫婦だわ）

ギブソン氏の「最高の魔石を使って欲しい」という要望により、ロッティが奥の金庫から、鍵のかかった平たい箱を持ってきた。

鍵を開けて開くと、中には色とりどりの大粒の魔石が、輝きながら並んでいる。

ギブソン氏が感嘆の声を上げた。

「これは素晴らしいですね！　見ただけでその価値が分かります」

「ええ、こちらは特に上質な魔石となっております」

そして、オリビアの説明を聞きながら、熱心に選ぶこと、しばし。

「私、この魔石が一番好きですわ」

「じゃあ、これにしよう」

二人が選んだのは、ギブソン氏の瞳と同じアイスブルーの、小指の爪半分ほどの大きさの魔石だった。

ギブソン氏が目をキラキラさせた。

「これが君の指で光るかと思うと、今から楽しみだよ！」

「……ええ、本当に素敵ですわ」

はしゃぐ夫の横で、夫人が控えめに微笑む。

その後、「普段着けていても邪魔にならない」「パーティに着けていける」「可愛いらしい雰囲気」などデザインの条件や要望について話し合う。

魔石に付与する魔法効果については、夫人が最近、肩や目の疲れが気になるとのことから、疲労回復効果を付与することに決めた。

要望を聞きながら、オリビアは考え込んだ。

（新しい魔石が高価な分、元の指輪をどうリメイクしていくか悩むわね）

その後、納品は一か月後で、その前にデザイン画を確認する、ということで話がまとまり、夫妻は立ち上がった。

ギブソン氏が、嬉しそうに手をすり合わせた。

「いやあ、実に楽しみです」

「ほら、あなた、帽子が曲がっているわよ」

はしゃぐ夫を優しくなだめながら、夫人が手早く変える準備を整える。

「こちら、お預かりしますね」

そんな光景を微笑ましく見ながら、オリビアがリメイクする結婚指輪を丁寧に箱に仕舞っていると、夫人がオリビアに微笑みかけた。

「……お願いしますね」

オリビアは笑顔でうなずいた。

「はい、お任せください」

二人が仲睦《むつ》まじそうに帰ったあと、ロッティが口を開いた。

「素敵なご夫婦でしたね」

「ええ、羨ましいくらいだったわ」

そう言いながら、オリビアは思った。ギブソン氏の気持ちに応えるような、素敵な指輪にしたい、と。

その日の夕方。

ロッティが帰宅してすぐに、オリビアは作業台に向かった。

魔石ランプのオレンジ色の光に照らされて輝いているのは、ギブソン夫妻が選んだアイスブルーの魔石と、元の質素な婚約指輪だ。

（どんな感じにしようかしら……）

夫人は、清楚《せいそ》な雰囲気の漂う優しげな女性だった。であれば、同じく清楚で上品な指輪がきっといい。

（……やはり、金属部分は金色よりも銀色ね。花が好きだそうだから、モチーフとして取り入れよう）

夕食を食べることも忘れて、頭の中に浮かんでくるデザインを、熱心にスケッチブックに描き込み、色鉛筆で色をつける。

作業室の窓から見える丸い月が、どんどん空へと昇っていく。

そして、もうすぐ日付が変わるというころ。

「できたわ！」

オリビアは、嬉々《きき》としてスケッチブックを両手で持ち上げた。

そこに描かれていたのは、花を思わせる可愛らしい指輪だ。淡い水色の魔石の周りには銀色の花びらがあしらってあり、その横には青い小さな石がアクセントとして置かれている。

「いい出来だわ」

満足げにスケッチブックをながめながら、「ここ最近の中では一番かもしれない」と、自画自賛する。

しかし、しばらくして。

「…………あら？」

彼女は眉間にしわを寄せた。心の奥の方に、モヤモヤとした何かを感じる。

「何かが違う」

そんな感じだ。

オリビアは、片手でモヤモヤする胸のあたりをさすった。こんな感覚は初めてだ。

（なんなのかしら、この感じ……）

彼女は、机の端に置いてあったランプを引き寄せた。

オレンジ色のランプの光の下、デザイン画に目を近づけると、ジッと見つめる。

カチカチ、という時計の音が、薄暗い部屋に静かに響く。

そしてしばらくして。オリビアは、デザイン画から目をそらすと、眉間を揉《も》みほぐしながら息を吐いた。

(……わからないわ)

薔薇《ばら》の花びらの感じも、小さな青い石の使い方もいいし、雰囲気もいい。

今の実力でこれ以上のデザインを作ることは難しいと思うほどの出来栄えだ。

おかしなところは、どこにもない。

(……もしかして、夜だからかしら)

夜は頭がぼけていて、デザインをちゃんと評価できないことがある。多分それだ。

オリビアは立ち上がった。体をぽきぽきと鳴らしながら、ググーッと伸びをする。

そして、あくびをしながら、

「とりあえず、また明日改めて見てみよう」

とつぶやくと、店舗二階にある自分の部屋へと戻っていった。

デザインはとてもよくできている。ちゃんと寝て明るいところで見たら、きっといい感じに思えるに違いない。

――しかし、予想に反し、次の日も、その次の日も。

オリビアは、モヤモヤした感覚を拭い去ることはできなかった。

消えない違和感

「ううん……、困ったわ……」

ギブソン夫妻に指輪を渡す期日の、二週間前。

最後の予約客が帰り、窓の外に夕暮れの気配が漂い始めたころ。

オリビアは、ため息をつきながら、作業台に突っ伏していた。

(モヤモヤがなくならない……)

ここ二週間ほど、抱いた違和感をなんとかしようと、オリビアは試行錯誤を繰り返した。

デザインのせいかと思い、形を変えたり、金属部分の色を変えたりと、考えられるパターンを試してみた。しかし。

(……ダメだわ)

色々やってはみたものの、モヤモヤは解消されない。

これは一人で考えても埒《らち》が明かないと、服飾デザイナーである友人のサリーや、ゴードン大魔道具店の先輩たちにデザイン画を見せて相談してみたが、

「何が問題かわからないくらい素敵よ！」

「とてもいいと思うぞ。女性に受けそうだ」

などと褒められてしまった。

それならばと、ギブソン氏の経営している商会に出向き、デザイン画を見せてみるものの、これまた「素晴らしい！」と感動されてしまった。

（……どうしよう）

オリビアは大きなため息をついた。たくさんの人からこんなに褒められているのに、違和感が全くぬぐえない。

（わたしがおかしいのかしら）

悩むオリビアを心配したのか、ロッティがお茶を持ってきてくれた。

「顔色が悪いですよ。少しお休みになってはいかがですか」

オリビアは我に返ると、「ありがとう」とお礼を言いながら、お茶に口をつけた。香りのよい温かいお茶に、心がホッとする。

ロッティが尋ねた。

「オリビア様、何か悩んでいらっしゃるんですか？」

「悩んでいる……、というわけではないのだけど、何か違う気がするのよね……。ロッティはどう思う？」

デザイン画を見せると、ロッティが、ふむ、と猫のような顔をした。

「とても良い気がします。ギブソン様にも確認したんですよね？」

「ええ。『妻も自分も大変気に入っているので、気になるところの変更も含めてお任せします』と言われたわ」

ロッティが考え込んだ。

「私は素人なので専門的なことは分かりませんが、依頼主であるギブソン様が納得されているなら、それで良いような気もします」

「そうよね……」

と、そのとき。不意に、チリンチリン、とベルが鳴った。

ロッティがドアに駆け寄って横の窓から様子を窺《うかが》うと、オリビアを振り向いた。

「エリオット様がいらっしゃいました」

「何かしら、開けてくれる？」

ロッティがドアを開けると、そこにはハンチング帽に色眼鏡《めがね》、茶色のストライプスーツというい つもの格好をした、端正な顔立ちの青年――オリビアの友人エリオットが、分厚い辞書ほどの大きさの白い箱を持って立っていた。

彼は、片手で帽子を取りながら、穏やかに微笑んだ。

「こんにちは。今日、美味しい焼き菓子を手に入れましたので、お裾分けに持ってきました」

「美味しい焼き菓子！」

オリビアは目を輝かせた。ちょうど甘い物が食べたいと思っていたところだ。

壁に掛かっている丸時計を見上げると、午後五時。ちょうど閉店の時間だ。

「時間があるなら、一緒にお茶しない？　もちろんロッティも」

「ええ、喜んで」

「ありがとうございます。いただきます」

三人は手分けして店を閉めると、作業室に移動した。

ロッティがお茶を淹《い》れる横で、オリビアがうきうきと箱の蓋を開ける。中をのぞき込んで、思わず歓喜の声を上げた。

「美味しそう！」

中には、こんがりと焼かれたフィナンシェとマドレーヌ、様々な種類のクッキーが美しく並べられていた。漂ってくる甘い香りと焦がしバターの芳醇《ほうじゅん》な香りが鼻をくすぐる。

三人は、それぞれ好きなお菓子をお皿に取ると、いただきますと食べ始めた。

形の良いフィナンシェを一口食べて、オリビアは幸せのため息をついた。鼻を抜けるバターの香りも、しっとりとした食感と上品な甘さも、何もかもが最高だ。

「本当に美味しいわ」

「それは良かったです」

ココア色のクッキーを手に取りながら、エリオットが微笑む。

ロッティも気に入ったようで、マドレーヌを美味しそうに、はぐはぐと食べている。

そして、お菓子があらかたなくなったころ。

紅茶を上品に飲んでいたエリオットが口を開いた。

「ところで、来たときずいぶんと険しい顔をしていましたが、どうかしたのですか？」

オリビアはエリオットを見つめた。

彼は、大きな商会に所属する優秀な商人だ。様々な商品を扱う彼ならば、何か分かるかもしれない。

「実は、ちょっと悩んでいることがあるの」

オリビアは、これまでのことを説明した。

最高のデザインだと思うのに、なぜか「何か違う」と思っていること。誰に聞いても良いと言われるし、依頼主からも気に入ったと言ってもらえたのに、その「何か違う」感じが消えないこと。

エリオットが、なるほど、と考え込んだ。

「そのデザイン、見せてもらうことはできますか？」

「ええ、もちろんよ」

オリビアがスケッチブックを開いて渡す。

描かれたデザイン画を見て、エリオットが考え込んだ。

「素晴らしいデザインに見えますが、違和感があるんですね」

「ええ、そうなのよ。モヤモヤするの。でも、その原因がわからないの」

なるほど、とエリオットがうなずいた。

「では、発想を変えてみてはいかがですか」

「発想？」

「ええ、オリビアは、もしもこのデザインを依頼主に納品したら、どうなると思いますか？」

意外な質問に、オリビアは腕を組んで考え込んだ。

違和感の原因はずっと考えていたが、このまま納品したらどうなるかを考えたことはなかった。

（どうなるのかしら……）

目を伏せて熟考すること、しばし。

彼女はゆっくりと視線を上げた。

「……そうね、なぜだかわからないけど、ギブソン夫人が笑顔になる感じがしないわ」

オリビアはこれまでずっと、父のような「人を笑顔にする魔道具師」を目指してきた。

常に、お客様が笑顔になることを心掛けて、魔石宝飾品を作っている。

でも、今回はどうしても、ギブソン夫人が笑顔になってくれる気がしないのだ。

エリオットが、考えるようにスケッチブックに目を落とした。

「恐らくですが、違和感を覚えているのは、オリビア独自の感性みたいなものではないでしょうか」

「独自の感性？」

「ええ、オリビアの人生や仕事などの経験からくる特別な、あなたにしか分からない勘のようなものです」

「わたしにしかわからない……」

オリビアは目を伏せた。うまく言えないが、限りなく正解に近づいている感じがする。

エリオットが、スケッチブックを手に取った。

「個人的には、素晴らしいデザインだと思います。でも、オリビアが違和感を覚えるなら、時間が許す限り、考えた方がいいと思います」

彼の言葉に、オリビアは思案した。

確かに少しだけだが、時間はある。下手《へた》に妥協して作り始めず、エリオットが言う通り期限ぎりぎりまで悩んでみよう。もしも駄目だったら、そのときは今のデザインでいこう。

オリビアは、彼を感謝の目で見た。

「決心がついたわ。ありがとう」

エリオットが口角を上げた。

「お役に立てたようで、良かったです」


その日の夜、オリビアは、自室の窓際にあるテーブルに向かって座っていた。

テーブルの上に置いてあるのは、オレンジ色の光を放つ魔石ランプと、父母の形見である時計や魔石宝飾品や、今まで作った魔石宝飾品など、自分のルーツと呼べるものたちだ。

それらをながめながら、オリビアはつぶやいた。

「わたしだけの感覚……」

その日の夜、彼女は夜遅くまで思いに暮れた。

最高の指輪

ギブソン夫妻からの依頼を受けた、約一か月後。青い空に夏を感じさせる白い雲が浮かぶ、よく晴れた午後。

洒落た服を着たギブソン夫妻が、店を訪れていた。

「いやあ、今日を本当に楽しみにしていましたよ」

ソファに座りながら、ギブソン氏がニコニコと笑った。その横で、夫人が静かに微笑む。

オリビアは、ロッティが持ってきたトレイをローテーブルの上に置いた。トレイの上には、立派な革箱が置いてある。

「どうぞ、開けてください」

「では、失礼します」

ギブソン氏が、やや緊張の面持ちで箱を開ける。そして、中を見て、目をぱちくりさせた。

「え？　これは一体どういうことですか……？」

箱の中には、二つの指輪が並んでいた。

一つは、金属であしらった花びらの中央に大きな魔石が飾られている美しい優美な指輪。

もう一つは、青い小さな魔石がはめこまれた、元の結婚指輪。大きく出っ張っていた立て爪を取って、リング部分に青い石を直接埋め込んであるし、若干綺麗《きれい》になってはいるが、基本変わっておらず、ついていた大きな傷などもそのまま残っている。

ポカンとするギブソン氏の前で、オリビアが手袋をはめた手で二つの指輪を取り出した。

それを、驚いた顔をしている夫人に差し出す。

「まず先に結婚指輪を着けてから、新しいほうを着けてください」

やや震える手で、言われた通りに指輪をはめ、夫人はあっと声を上げた。

夫人の指の上で、二つの指輪がかっちりとはまり、一つの指輪になる。

オリビアが口を開いた。

「こちらは、重ね着けできるデザインとなっておりまして、どちらか一方でも、同時にでも、三通りお使いいただけます」

ギブソン氏が眉をひそめた。確かに面白いが、分かれていてはリメイクの意味がないではないか。そんな不満そうな表情だ。

そして、彼が文句を言いたげに口を開こうとした、そのとき。

夫人が、指輪をはめた手を抱きしめるように胸に当てると、感謝の目でオリビアを見つめた。

「ありがとうございます。これは最高の指輪ですわ」

目を潤ませて何度もお礼を言う夫人に、ギブソン氏が戸惑ったような顔をした。

「し、しかし、これでは……」

夫人は目の端の涙をぬぐうと、夫に微笑みかけた。

「一〇年前、この指輪をもらったとき、私、本当に嬉しかったの。あなた、これを買うために臨時雇いとして夜遅くまで働いてくれたでしょう?」

「……知っていたのか」

頭を掻く夫に、「もちろんよ」と笑うと、夫人は指輪の傷を優しく撫でた。

「この傷、いつできたか覚えている？」

「……かなり最初の頃だったかな」

「ええ、もらってすぐに、私が包丁でうっかり傷をつけてしまったの」

夫人は、せっかくもらった指輪を早々に傷つけ、怒られるかと思って、怯《おび》えたらしい。

「でも、あなたは、まず私の心配をしてくれたの。手はなんともないのかって。ないならそれでいいって」

夫人が微笑んだ。

「私、そのとき思ったの。この人となら、きっと思いやりを持ち合って、支え合って暮らしていけるって」

だから、と夫人が愛《いと》おしそうに指輪を撫でた。

「こういう形で直してもらって、本当に嬉しいの」

「……君は」

ギブソン氏が、目を潤ませながら、感極まったように夫人の手をとる。そして、済まなさそうに頭を下げた。

「すまない。俺が張り切って勝手に話を決めてきてしまったから、君は断れなかったのだろう？」

「そんなこと言わないで。私、あなたの優しい気持ち、すごく嬉しかったのよ」

二人の会話を聞きながら、オリビアは胸を撫で下ろした。

（良かったわ）

エリオットが来た、その日の夜。彼女が思い出したのは、自分の母のことだ。

母は、オリビアが初めて作ってプレゼントした、形も付与も良くない小さなピアスを、ずっと大切に着けていた。あまりに出来が悪いので、さすがに作り直そうかと申し出たオリビアに対し、母は笑いながら言った。

「オリビアが、がんばって作ってくれたこれ、とても気に入っているの」

母の言葉を思い出し、オリビアは思い当った。もしかして、夫人も、母と同じ気持ちなのではないだろうか、と。

そして、色々とデザインを変え、元の指輪の加工を最低限にした、重ね着けデザインに変更して、ようやく抱いていた違和感がなくなった、という次第だ。

（あの指輪は、大切な思い出がたくさん詰まった、唯一無二のものだったんだわ）

涙を浮かべながら微笑む夫人を見て、本当に良かったわと心から思う。


そして、二〇分後。

オリビアとロッティは、店の入り口に出て、ギブソン夫妻を見送っていた。

夫人が、感謝するようにオリビアの手をとった。

「オリビアさん、素敵な指輪、本当にありがとうございます」

「私からも感謝を。あなたのお陰で最高の贈り物ができました」

ギブソン氏も笑顔で帽子に手をかける。

「気に入っていただけて本当に嬉しいです」

オリビアは笑顔で頭を下げた。

「ありがとうございました。またお越しください」


夫妻を乗せた馬車を見送ったあと、オリビアはふと空を見上げた。先ほどまで晴れていたのに、いつの間にか雲に覆われている。

「降らないといいけど」

そうつぶやきながら店の中に入ると、箱を抱えたロッティがやってきた。箱の中には書類や手紙などが山と入っている。

「気になる仕事も終わりましたし、そろそろ事務作業をお願いします」

「……そうね、そういうものがあったわね」

苦手な事務仕事に、オリビアがため息をつくと、ロッティが苦笑した。

「私も手伝いますから、仕分けだけでもやってしまいましょう」

オリビアは、渋々作業室に移動すると、箱の中から書類を取り出した。サインをしたり、ロッティに処理をお願いしたりする。

そして、あらかた整理が終わり、やれやれと思って箱の奥の方にあった封筒を手に取って、首をかしげた。

(なにかしら、これ)

あて先には、やや汚い字で、『ゴードン大魔道具店　オリビア・カーター』と書いてある。裏をめくって見るが、差出人の名前がない。

(一体誰かしら)

眉間にしわをよせながら、ペーパーナイフを使って封を開ける。そして、取り出した便箋の下部の署名を見て、彼女は凍り付いた。

『ダニエル・カーター準男爵より』

(……え？　これって、義父《おじさま》……よね？)

それは、オリビアを家と店から追い出した、義父の名前だった。

彼女は動揺を鎮めるように軽く深呼吸すると、作業台の上で帳簿をつけているロッティに尋ねた。

「……これ、どうしたの?」

「三日ほど前に、ゴードン大魔道具店に届いたそうで、使いの方が持ってきてくれました」

「……そう」

オリビアは、顔を強張《こわば》らせた。

この二年間、義家族とは一切連絡を取っていない。それなのに、なぜ自分の働いていた場所を知っているのだろうか。

(……なんて気味が悪いのかしら)

得体の知れない不気味さを感じ、思わず体が震える。

ロッティが「どうしたのですか」と心配そうに声を掛けてきた。

「顔色が悪いですよ」

「……大丈夫よ。ちょっと疲れているみたい」

オリビアが強張った笑顔を返すと、ロッティが気遣うように立ち上がった。

「あとは私でも大丈夫ですから、今日は早く部屋にお戻りください」

「……ありがとう」

オリビアは手早く片付けを済ませると、封筒を手に作業室を出た。硬い表情で階段を上り、二階にある自室に向かう。

そして、ドアを開けると、シンと静まり返った薄暗い部屋に入った。ベッドに座って窓の外を見上げると、今にも降り出しそうな曇り空が見える。

（……一雨きそうね）

彼女は深呼吸すると、改めて義父から送られてきた封筒をながめた。心の中は嫌な予感でいっぱいだ。

（一体なんなのかしら……）

見なかったことにしたい気分だが、ゴードン大魔道具店経由で届けられてしまった以上、読まないわけにもいかない。

彼女は意を決して便箋を開くと、素早く目を走らせた。

『前略
お前の義妹カトリーヌが、ヘンリー様と結婚式を挙げることになった。
お前は証人に選ばれている。必ず出席しろ。
式が終わった後、店について話すことがある。

日時　七月一五日

場所　ベルゴール子爵邸
義父・カーター準男爵より』

「…………え？」

オリビアは呆気《あっけ》にとられた。衝撃的すぎる内容に、理解が追いつかない。

彼女は必死に頭を動かした。

（……ええっと、これって、結婚式の招待状……ってことよね？　自分に婚約破棄を言い渡した元婚約者と、デザインを盗んだ義妹の結婚式に出ろってこと？　しかも、証人として？　二か月後に？）

あまりの非常識さに、脳が揺さぶられるような感覚がする。

結婚式に身内を呼ぶのは普通のことだ。義理とはいえ姉。証人を頼んだとしてもなんら不思議はない。

しかし、それが元婚約者と義妹の結婚式となれば話は別だ。しかも、通常一年前には招待状を出すところを、驚きの二か月前。こんなの嫌がらせでしかない。

「なんなのよ、これ……」

眉をひそめながら二枚目の紙を見て、オリビアは大きく目を見開いた。

「ベルゴール子爵？」

それはヘンリーの父である、ダレガスの領主ベルゴール子爵の貴族印のついた招待状で、子爵本人と思われる字で、出席するようにと書き添えられていた。

「……どういうこと？　どうして領主様がわざわざこんなことを？」

降り始めた雨の音を聞きながら、呆然《ぼうぜん》とつぶやく。

遠くから、雷の音が聞こえてきた。

閑話① オリビアの生家にて

オリビアが手紙を受け取った、その日の夜のことだった。

地方都市ダレガスの閑静な住宅街にある、オリビアの生家にて。義家族が陽気に食事とお酒を楽しんでいた。

食堂には、黄金の燭台《しょくだい》や置物が飾られており、食卓には山盛りにされた高級ソーセージやハム、高級チーズ、高そうなワインなどがずらりと並べられている。

これらは全て、オリビアの父とオリビアが、店のためにと長年コツコツ貯《た》めていたお金を使って買った贅沢《ぜいたく》な品々だ。

金色のジャケットを着たオリビアの義父が、上機嫌にワイングラスを傾けた。

「このワイン、なかなかいけるな」

「産地から取り寄せた限定品ですわ」

「美味しいですわね、お父様」

派手なドレスを着た義母と義妹カトリーヌも、機嫌が良さそうにワインを飲む。

分厚いハムを切り分けながら、義父が機嫌よく尋ねた。

「可愛いカトリーヌや、結婚式の準備はうまくいっているかい？」

「ええ、もちろんよ」

カトリーヌが、グラスを持っていない方の手を頬に当てると、うっとりとした顔をした。

「ヘンリー様ってとっても素敵なの。今日は、私の手を綺麗だねって褒めてくれたわ。いつも荒れた手をしていたオリビアとは大違いだって」

義母が「まあ」と機嫌悪そうな顔をした。

「あんなダサい娘と比べてほしくないわね」

義父が、口の端を歪《ゆが》めてなだめた。

「まあ、そう言うなよ。見てくれは少々アレだが、オリビア《あいつ》は金を生むニワトリなんだからな」

カトリーヌが、不安そうな顔をした。

「……あの人、結婚式に来るかしら」

「ああ、来るさ」

分厚いハムを食いちぎりながら、義父が口の端を上げて笑った。

「こっちにはあの店があるからな」

義母が、フンと鼻を鳴らした。

「あんな古い店に執着するなんて、本当に下らないわね」

「古い店だからこその価値がある。ベルゴール様もあの店を存続させたいという意向だしな」

ベルゴール子爵の名前が出て、カトリーヌが怯えたような顔をした。

「……あの、お父様、子爵様はいつお戻りになるの？」

「相変わらずお忙しいらしくてな。執事の話では、式の三日前くらいに戻られるそうだ」

「……そう」

カトリーヌがホッとしたような顔をすると、義父が歯を見せて笑った。

「心配するな！　店のことはオリビアが戻ってくれば解決する」

「そうよ。カトリーヌ。あなたは余計なことを気にしないで、ヘンリー様とうまくやりなさい」

「はい、お父様、お母様、ありがとうございます」

娘にお礼を言われ、義父がご機嫌にワインを呷《あお》る。

義母がニヤリと笑った。

「それにしても、あの子、どんな格好で結婚式に来るかしらね？」

「きっと、またあの地味な紺色のスーツよ。お義姉《ねえ》様、服のセンス全然だったもの」

「恋人と来るのかしら？」

「まあ、男は、あんな娘には見向きもせんだろうから、一人寂しく来るんじゃないか」

機嫌良くオリビアの悪口を言いながら、義家族が高級ワインを開ける。

血のように赤いワインをながめながら、カトリーヌは、ほくそ笑んだ。

家も店も、婚約者も奪われた姉が、幸せの絶頂にいる自分の結婚式に来るのだ。美しく幸せな自分を見てどんな顔をするか、考えただけで楽しくて仕方ない。

彼女は待ち遠しそうに両手を胸の前で組んだ。

「ああ、早く結婚式にならないかしら」

「カトリーヌったら、そんなに楽しみにして」

「ははは、私も楽しみだよ」

その日の夜、三人は、夜遅くまで陽気に騒いだ。

第二章 ピンチと助っ人

（はあ……）

結婚式の招待状が届いた翌日の、霧のような雨が降る、薄暗いお昼過ぎ。

店舗の隣にある作業室にて、オリビアが作業台に頬杖《ほおづえ》をつきながら、ぼんやりと外をながめていた。頭の中は、送られてきた招待状のことでいっぱいだ。

（どうするべきかしらね……）

この二年間、彼女はなるべくダレガスでの出来事を考えないように努めてきた。

心が深く傷ついていて、思い出すのも辛かったし、考えて悩んだところで過去は変わらないなら、前を向いてがんばった方がいいと思ったからだ。

幸い王都の生活はとても忙しく、仕事に没頭できた。

二年経った今では、たまに思い出すことはあるものの、心の傷はほとんど回復しつつあった。

そんなときに、こんな招待状が届いたのだ。憂鬱な気分にならないわけがない。

本音を言えば、こんなものなど捨ててしまいたいところだが、オリビアには、それができない理由があった。

（……問題は、義父の『式が終わった後、店について話すことがある』という言葉よね）

オリビアは、今まで実家の店の存続については、わりと楽観的に考えていた。

カーター魔道具店には、魔道具のメンテナンスという安定した収入があるから、あのお金が大好きな義父が、それを手放すとは考えられなかったからだ。さすがに死んだ兄《オリビアの父》が大切にしていた店を粗末にはしないだろうと思っていた節もある。

（……でも、ああ書いてきたということは、何かしようと思ってるってことよね……）

オリビアは眉間にしわを寄せた。一体何をする気なのだろうか。ベルゴール子爵がわざわざ貴族印付きの招待状を送ってきたことも気になる。

（はあ……、わからない……）

オリビアが何度目かになるため息をついていた、そのとき。

ロッティがドアを開けて部屋に入ってきた。本棚に向かうと、帳簿を取り出す。

そして、考え込むオリビアをジーッと見ると、おもむろに口を開いた。

「オリビア様、考え事の最中に申し訳ないのですが、口にクリームがついています」

「……え？」

我に返ったオリビアが、手を口元にやると、指にクリームがべったりとついた。

（嫌だわ、これってお昼のクリームパンのやつよね）

慌てるオリビアに、ロッティが冷静に指摘した。

「それと、服に紅茶をこぼしています」

「え！」

慌てて下を向き、スカートの大きく濡《ぬ》れた跡を見つけて、目を見張る。そして、シミになる前に拭こうと、拭き巾を取ろうと立ち上がって、

「痛っ！」

足の小指部分を、思い切り作業台の足にぶつけてしまった。

顔を歪めてしゃがみ込む彼女に、ロッティが「大丈夫ですか」と、心配そうに声を掛けた。

「一体どうされたんですか。昨日も変でしたけど、今日は輪をかけて変ですよ」

「な、なんでもないわ。昨晩片付け物をしていて、あまり寝ていないだけ。でも、もう目が覚めたから大丈夫よ」

拭き巾でスカートをごしごしと擦《こす》りながら、オリビアが笑顔を作る。

ロッティが、はあ、とため息をついた。

「……多分大丈夫ではないと思います」

「え？」

「オリビア様。靴、右と左が逆です」

◇

（疲れた……。今日は散々だったわ）

ようやく閉店の時間になり、オリビアは作業台の前で深いため息をついた。

インク瓶を倒しそうになったり、ゴミ箱に足を引っかけて、ぶちまけそうになったり。

顧客対応はなんとかこなせたものの、その他が本当にひどい一日だった。

（思った以上にダメージがひどいわ……）

手紙のことを考えてボーっとしがちだし、昨晩よく眠れなかったせいで、余計にぼんやりしてしまっている。作業はまだ残っているが、明日にしよう。

（……今日は早く寝ないと。夕食は昨日の残り物でいいわよね……）

そんなことをボーっと考えるオリビアを、ロッティが掃除をしながら、チラチラと心配そうに見る。

そして掃除が終わり、今日は解散という段になった、そのとき。

チリンチリン。と、ドアベルの音が鳴り響いた。

オリビアは首をかしげた。『閉店』札をドアに掛けていたはずだ。

（急ぎのお客様かしら）

ロッティがいそいそと「いらっしゃいませ」と、ドアを開ける。

その方向に視線を向けて、オリビアは思わず目を見開いた。

「え？　どうして？」

入り口に立っていたのは、どこか心配そうな顔をした三人の友人だった。

真ん中に立っているのは、白いお洒落なスーツを着た赤髪のサリー。その横に立っているラフな格好をした体格の良い男性は、サリーの恋人で騎士でもある、ニッカ。

二人の少し後ろには、茶色のストライプのスーツに帽子、色眼鏡という、いつもの出《い》で立ちのエリオットが立っている。

オリビアは呆気にとられた。

この三人が揃《そろ》ってなんの前触れもなく来るなんて初めてだ。

そんな彼女を見て、サリーが深いため息をついた。

「聞いていた通り、ひどい顔ね。寝ていないのでしょう。何があったの？」

サリーの言葉に、オリビアが目をぱちくりさせる。そして、ハッと思い当たり、横に立っているロッティをジト目で見た。

「……ロッティ、もしかしてお使いに行ったときに、サリーに話したの？」

「はい。私だけではお役に立てなそうだったので、サリー様に相談させていただきました」

ロッティが、涼しい顔で答える。

サリーがなだめるように言った。

「ロッティはあなたを心配して私のところに来たのよ。自分の店の主人が、靴を左右反対に履いて、新聞を逆さに読んでいるのよ？　心配するなというほうが無理でしょう」

オリビアは、バツが悪そうに目をそらした。失態だらけの一日を思い出し、確かに心配されるのも無理ないわね、と心の中で苦笑する。

そして、理由を話さないと帰らないわよ。とでも言いたげなサリーの顔を見て、諦めたようにため息をついた。

人に、こんな下らないお家騒動みたいな話をしたくはない。でも、一人で抱えるには大きすぎる。誰かに相談したい。

オリビアは、「ちょっと待っていて」と言うと、二階に上がった。義父の手紙を持って下りてくると、サリーに差し出した。

「原因はこれよ。読んだらわかると思うわ」

サリーが「失礼するわね」と、封筒を開ける。そして、手紙を取り出して中を読むなり、真っ赤になって怒り出した。

「ちょっと！　何よ、これ！」

サリーの後ろから手紙を読んだエリオットとニッカが、「単なる結婚式の招待状じゃないのか？」と言いたげに首をかしげる。

（ここまできたら、ちゃんと事情を話したほうがいいわね）

オリビアは、今までサリーにしか話したことがなかった自分の事情を話し始めた。

両親が死んだあとに、義父一家に家と店を乗っ取られたこと。

義妹のデザインを奪ったと冤罪《えんざい》をかけられた挙句、婚約者を奪われて婚約破棄されて追い出されたこと。

父の親友だったゴードンを頼って、ダレガスから王都に来たこと。


オリビアの話を聞いて、ニッカが怒りの表情を浮かべる。エリオットもどんどん顔が険しくなっていく。

そして話が終わると、サリーが目を三角にしながら口を開いた。

「こんな招待状、無視すればいいわ！　行くことないわよ！」

「サリーの言う通りだ。こんな失礼な話、聞いたことがない」

「そうですよ。行くことはありません」

ニッカとロッティも、憤慨したように言う。

オリビアはため息をついた。

「それが、簡単にできないのよ」

冷静な表情で手紙を読んでいたエリオットが、顔を上げた。

「オリビアが気になっているのは、ここにある、『式が終わった後、店について話すことがある』という箇所ではないですか?」

「ええ、父が遺した店なの」と、オリビアが力なくうなずく。

「あと、二枚目を見てみて」

サリーが「もう一枚あったのね」と、二枚目のベルゴール子爵からの手紙を広げ、驚きの表情を浮かべた。

「これって……」

オリビアが、苦笑いしながら肩を竦《すく》めた。

「まあ、早い話が、領主様からの命令書よね」

「そんなの横暴すぎるわよ。権力の濫用だわ!」

「わたしもそう思うけど、田舎《いなか》だとよくこういうことがあるのよ」

「こんなのおかしい! 聞くことないわ!」

怒り狂うサリーの横で、ニッカが難しい顔をした。

「貴族が絡んでくるとなると、ややこしいな」

「どうしてよ!」

いきり立つサリーに、ニッカが手紙を指さした。

「子爵の地位にいる人間が、単に誰かを結婚式に参加させるだけで、こんな貴族印付きの手紙を送るとは思えない。何か違う目的があるに決まっている」

「違う目的って何よ？」

「わからないが、オリビアにとって良くない可能性が高いだろうな」

「じゃあ、なおさら行かないほうがいいじゃない！　病気にでもなったことにすれば良いわ！」

サリー、ニッカ、ロッティの三人が話しているのを聞きながら、オリビアは思案に暮れた。

結婚式には出たくないし、義家族にも関わりたくない。でも、店がどうなるかわからないし、貴族印付きの招待状を無下にすることもできない。

（……わたしは、どうするべきなのかしら）

サリーとニッカ、ロッティが口を揃えて「行かないほうがいい」と言う中、彼女は、視線を落として、思案に暮れた。

エリオットがその姿を静かに見守る。

そして、しばらくして。オリビアは顔を上げると、ゆっくりと口を開いた。

「……実はね、わたし、ずっと思っていたことがあるの。……このままじゃ駄目なんじゃないかって」

「駄目？」

不思議そうな顔をするサリーに、オリビアがうなずいた。

「約三年前、父母が流行病《はやりやまい》で亡くなって、義家族に家と店を乗っ取られてから、わたし、本当に辛いことばかりだったの。大切にしていた物を取り上げられて、働かされて、嫌味を言われたり、いじめられたり。……でも、わたし、何もできなかったの。何が起こっているかも正確にわかっていなかったかもしれないわ」

父母が亡くなった悲しみも癒えぬまま始まった不当な仕打ちに、オリビアには為《な》す術《すべ》がなかった。

「婚約破棄をされてクビを言い渡されて、もう限界だって思って家を出て、どうしようもなくて王都に来たの。そこからなるべく前を向いて、がんばってきたわ。ダレガスでの出来事を思い出すと辛かったけど、考えても仕方ないと言い聞かせて、考えないように思い出さないようにしてきたわ」

でも、と、オリビアが顔を伏せた。

「心のどこかで、ずっと感じていたの。このまま父の店や義家族のことを、なかったことにしてやっていくのは、違うんじゃないかって。これって、現実逃避しているだけじゃないかって」

サリーが何か言おうと口を開けるが、何も言えずにそのまま閉じる。

友人たちが黙って話を聞く中、オリビアは息を吐いた。

「本当は義家族になんて関わりたくないし、思い出したくないわ。……でも、きっとこのままじゃ駄目で、いつかは立ち向かわなきゃいけないことなんだと思う」

多分、今回のことはきっかけだ。神様が、もういい加減に向き合いなさいと言っているのかもしれない。

オリビアは顔を上げると、友人たちを見た。

「わたしには、父の店を見捨てる選択肢はないし、店がある土地の領主様の招待状を無下にすることもできない。だったら、結婚式に堂々と出て、義家族と店についてちゃんと話をしてくる」

きっと嫌な思いもするだろうし、失望する羽目になるかもしれない。でも、もう逃げるのはやめだ。立ち向かおう。

サリーが悩ましそうな顔をした。

「……私はやめたほうがいいと思うわ。聞けば聞くほど関わらないほうがいい人たちだもの。でも、オリビアの気持ちもわからなくないわ……。きっと、けじめをつけたいのよね」

「ええ、多分そうなんだと思う」

オリビアがうなずく。

ニッカも難しい顔をした。

「俺も行かない方がいいとは思う。だが、行くならせめて一人で行くのはやめた方がいい」

ロッティが同意した。

「そうですね。何をしてくるかわからない人たちに聞こえます」

「何もないかもしれないが、用心に越したことはない。誰か頼れる親戚はいないのか？」

ニッカの問いに、オリビアは思案した。

頼れる親戚といえば、遠方に住む従妹くらいしか思いつかない。でも、彼女は小さい子どもがたくさんいるお母さんだ。頼めばきっと来てくれるだろうが、多忙な彼女をこんなことに巻き込めない。

（大丈夫。一人でがんばれるわ）

そして、オリビアが「一人で大丈夫よ」と言おうと口を開きかけた、そのとき。

考えるように黙っていたエリオットが、ゆっくりと口を開いた。

「私が行きます」

「……え？」

「私がオリビアと一緒に行きます」

まさかの申し出に、呆気にとられるオリビア。

真剣な顔のエリオットを見て、ニッカが、ふむ、と腕を組んだ。

「……そうだな。エリオットが一緒に行くなら安心ではあるが、……いいのか？」

「ええ。問題ありません」

エリオットが、きっぱりとした表情で、ニッカにうなずいてみせる。

オリビアは慌てた。

「ちょっと待って！　気持ちは嬉しいけど、その間、仕事を休まなきゃいけないのよ？」

「二か月後に一週間程度ですよね。であれば問題ありません」

「でも、迷惑をかけるわけには……」

躊躇《ちゅうちょ》する彼女を、エリオットが真っすぐ見た。

「オリビア。断らないでください。迷惑ではありません。私が行きたいのです」

いつになく真剣な表情に押され、彼女は言葉を詰まらせた。

ニッカが面白そうな表情で、ひゅうっ、と口笛を吹く。

サリーが、小さい子どもをなだめるような表情で、オリビアの肩を叩いた。

「あなたね、今友達に頼らなくて、いつ頼るのよ」

「で、でも……」

「でもじゃないわよ！　うん、と言いなさい！　うん、と！」

彼女の勢いに負けて、オリビアが思わず「うん」と答える。

サリーが「言質はとったぞ」と言わんばかりに大きくうなずくと、勇ましい顔をしてその場の全員を見回した。

「さあ、そうと決まれば、今後について相談しないとね。出発までの二か月、全力でサポートするわよ！　ロッティ、あなたにも働いてもらうことになるけど、問題ない？」

「はい。もちろんです」

ロッティが、真顔でこくりとする。

サリーが、考えながら、指を一本ずつ折り始めた。

「ええっと、やるべきこと一つ目は、服よね。結婚式の証人をするなら、それなりの格好が必要だわ。すごい物を揃えて、そいつらにギャフンと言わせてやりましょう、ギャフンと！　お洒落は女の武器よ！」

意気込むサリーの横で、ロッティが冷静に口を開いた。

「もしかすると、王都の流行《はや》りも押さえた方がよろしいのではないかと」

「そうね。ロッティの言う通りだわ。服が王都風なら、話す話題も王都風にしないとね。やるべきこと二つ目はそれにしましょう。エリオット、そこ頼める？」

「ええ。もちろんです」

エリオットが力強くうなずく。

オリビアが慌てて口を開いた。

「待って、そんなにしてもらったら悪いわ」

サリーが笑顔でオリビアの肩を叩いた。

「いい？　オリビア。気持ちはわかるけど、もう引けないところまできているの。あなたは黙っていてちょうだい」

サリーの勢いに押され、オリビアがすごすごと引き下がる。

その後も、狼狽《うろた》える本人をよそに、「ゴードンさんに相談した方がいいんじゃないか」「爪の手入れも必要ね」などと、色々なことがどんどん決まっていく。

そして、本人が戸惑っているうちに、

・明日の午後、サリーと一緒に服と化粧品を買いに行くこと
・エリオットと流行りの劇などを見に行くこと
・ゴードンさんにこの件を相談すること
・これから毎日早寝早起きを心掛け、ロッティが淹れる美容に良いお茶を飲むこと
・出発前に、爪と髪の手入れをすること

の五つが決まり、サリーが戸惑うオリビアを、「早速今日から早寝早起きよ!」と自宅に追いやって、その日は解散となった。

オリビアの店を出た友人三人は、薄闇に包まれた街を歩いていた。

まだ少し怒っているサリーと、それをなだめるニッカが並んで歩き、その後ろをエリオットが考え込むように黙って歩く。

そして、進むこと、しばし。無言で歩いていたエリオットが、おもむろに口を開いた。

「……少し話をしていきませんか」

ニッカとサリーが、振り向きながらうなずいた。

「ああ。俺は構わないぞ」

「私も少し話をしていきたいと思っていたから大丈夫よ。何か食べながらでどうかしら?」

三人は、すぐ近くにある少し騒がしい酒場風の店に入った。四人掛けのテーブルに座って、適当な料理を注文する。

そして、すぐに運ばれてきた食前酒で乾杯を済ませたあと、エリオットがサリーに尋ねた。

「オリビアのあの話、知っていましたか?」

「ええ。知っていたわ。聞いたのは半年くらい前かしら。私としては、あなたが知らなかったことのほうがびっくりよ」

なるべく深入りしないようにしていましたからね、とエリオットがつぶやく。

ニッカが、フォークを動かしながら憮然《ぶぜん》とした顔をした。

「しかし、あの義家族とかいうのはひどすぎるな。オリビアの叔父《おじ》なんだろう?」

「叔父さんといっても、血のつながりはないみたいよ。オリビアの話だと、叔父さんかお父さんのどっちかが養子だったらしいわ。お父さんが生きていたころは、たまに来るくらいで、ほとんど交流もなかったみたいだし、店もお父さんが一人で建てたもので、その叔父さんは一切関係なかったそうよ」

二人の話を聞きながら、エリオットが険しい顔をする。

ニッカがフォークをテーブルの上に置くと尋ねた。

「それで、率直な話、エリオットはオリビアの話を聞いてどう思った？」

「おかしな話だと思いましたね。色々と理屈が通りません」

「俺もそう思う。あのベルゴール子爵っていうのは、一体何なんだ？」

「ダレガス地方を治める古い貴族で、ここ数年羽振りが良く、飛ぶ鳥を落とす勢いだそうです。伯爵位への陞爵《しょうしゃく》候補に挙がっているため、あちこち飛び回っていると聞きました」

サリーが不安の色を濃くした。

「ゴードンさんに聞いたんだけど、オリビアって実はすごい魔道具師で、数十年に一人の逸材って言われているらしいのよ。魔道具は政治の道具に使われやすいって言うし、もしかして、狙われているんじゃないかしら」

エリオットが、更に険しい顔をして黙り込む。

ニッカが慰めるようにサリーの肩を叩いた。

「大丈夫だ。オリビアはこっちに店を持っているし、後ろにはゴードン大魔道具店がついている。そう簡単にどうこうできないさ」

二人の会話を聞きながら、エリオットは思った。

確かに、正攻法では簡単にどうこうすることはできない。だが、あんな招待状を送りつけてくる貴族が正攻法を使ってくるとは思えない。その場で自分の他の息子を押しつけてくるくらいしかねない。

オリビアの横に見知らぬ男が立っているのを想像し、得も言われぬ感情を覚える。

その後、三人は今後のことを相談しながら食事を終えると、店から出た。

「じゃあ、またね。とりあえず、明日服と化粧をなんとかするわ！」

「またな、エリオット。何かあったら連絡してくれ」

手を振りながら人混みに入っていくサリーとニッカを見送ると、エリオットは一人夜の街を歩き始めた。夜の空気を頬に感じながら思い出すのは、青い瞳のオリビアのことだ。

彼は、この二年間ずっと、彼女がひたむきに頑張る姿を見てきた。

店を持つ前は、己の技術を磨くためにフラフラになるまで修業し、デザイン賞では、諦めることなく努力を重ね、見事金賞を勝ち取った。店を持ってからは、何とか軌道に乗せようと、陳列を見直したり、他店のサービスを学んだり、彼女は本当に努力してきた。

その努力の結果を、欲にまみれた貴族が自分の出世のために使うなど、言語道断。絶対にあってはならない。

エリオットは、歩きながらギュッと拳を握った。

せめて友人として見守っていければと思っていた。その覚悟もできていた。でも、もうそれだけでは駄目だ。彼女を守れない。

（……覚悟を決めるべきだな）

前に進む覚悟と、嫌われる覚悟を。

エリオットは立ち止まった。オリビアの店の方角を、目を細めてながめる。

彼はそのまましばらく立ち止まったあと、ゆっくりと夜の街へと消えていった。

第三章 出発までの二か月と、変わりゆく関係

出発の二か月前

友人たちに自分の事情を打ち明けた、翌日のお昼過ぎ。

オリビアは店舗の裏にある作業室で、魔石宝飾品を製作していた。

今回作るのは、ハート形のペンダント。商家の娘さんから、母親への誕生日プレゼント用に頼まれたものだ。

使用する魔石は、小ぶりの緑色の魔石《エメラルド》で、これに最近目が疲れやすいという母親のために、眼精疲労軽減の効果を持つ目薬草《めぐすりそう》を付与する。

オリビアは、魔石と乾燥させた目薬草を作業台の上に置くと、引き出しから革製の箱を取り出した。箱の中から、白い羽と魔石の付いたペン、分度器、定規、コンパスの四つを取り出す。

そして、ペンに魔力を通すと、作業台の上に置いた銀色の魔法板の上に、魔法陣を描き

始めた。

静かな作業室に、シャーシャー、という線を引く音や、カリカリ、という文字や記号を描く音が響く。

そして魔法陣が出来上がり、魔法板に軽く魔力を通して具合を確かめると、オリビアは立ちあがった。

陣の上に、緑色の魔石と目薬草を置いて手をかざし、深呼吸する。そして、気持ちを整えるように、「さあ、いくわよ」とつぶやくと、両手にゆっくりと魔力を集め始めた。

「〈魔法陣発動〉」

オリビアの魔力を注がれた魔法陣が光り始めた。

「〈浮遊〉」

ふわり。と、彼女の魔力に包まれた魔石と草が、目の高さまで浮かび上がる。

さあ、ここからが本番、と、オリビアは軽く息をついて目をつぶりながら詠唱した。

「〈付与効果抽出〉」

「〈効果付与〉」

オリビアの魔力が一気に濃くなり、光が強くなった。浮かんでいる草から緑色の魔力が抽出され、魔石の中へと流れ込んでいく。

そして、ほどなくして作業は終了し、出来上がったのは、最初よりも緑が濃くなった美しい魔石核だった。

彼女はそれを指でつまむと、窓に向けて透かし見た。緑色の魔石がキラリと光る。

(うん、良さそう)

そして、作ってあったハート形のペンダントトップに魔石を軽くはめると、くるりと振り返って、棚の整理をしているロッティに声を掛けた。

「ロッティ。これ見てもらえる?」

ロッティが、はい、と近づいてくる。腰をかがめてペンダントを見て、思わずといった風に感嘆の声を上げた。

「とても素敵だと思います。落ち着いたデザインながらも可憐《かれん》な感じがします」

「ふふ。ありがとう。あとは効果をテストして完成ね」

オリビアがにっこり笑う。そして、視線を下にそらすと、少し恥ずかしそうに口を開いた。

「それで、昨日のことなんだけど、……サリーに言ってくれてありがとうね」

昨日、友人たちに話を聞いてもらって、自分の中で整理がついた。覚悟も決まったし、ありがたいことに友人たちからサポートすると言ってもらえた。こんなにホッとしたことはない。お陰で昨日はぐっすり眠れて、今日は昨日と比較にならないほど体調が良い。

「ロッティが言ってくれなかったら、わたし一人で溜《た》め込んで自滅していたと思うわ」

「いえ、こちらこそ勝手なことをして申し訳ございませんでした」

「謝らないで。感謝しているのよ」

そんな会話を交わしていた、そのとき。

チリンチリン、とドアベルが鳴った。

(サリーかしら)

ロッティがドアを開けると、そこには予想通り、ピンク色のスーツを着たサリーが笑顔で立っていた。

「こんにちは、オリビア。調子はどう?」

「おかげさまで。昨日ぐっすり眠れて、いい感じよ」

サリーは、ホッとした顔をすると、にっこりと笑った。

「じゃあ、自宅のクローゼットの中を見せてちょうだい」

「……え?」

サリーの言っている意味がわからず、オリビアは目をぱちくりさせた。

今日はこれから、結婚式用の服を買いに行くという話だったはずだ。それなのに、なぜクローゼットを見るのだろうか。

首をかしげるオリビアに、サリーが笑顔で説明した。

「結婚式に行くとき、移動用の服とか色々必要でしょ? 似た服を買わないように、オリビアの持っている服を把握しておきたいのよ」

「ええっと、移動用は、今着ている服でいいと思うんだけど……」

オリビアの言葉に、サリーが話にならないという風に肩をすくめた。

「今着ているのは、仕事用のスーツじゃない。仕事ならまだしも、結婚式に出席する女性が仕事用のスーツで移動するなんてありえないわ。あなたもそう思うわよね？　ロッティ」

「ええ。おっしゃる通りです」

ロッティが深くうなずく。

予想外の状況に、オリビアは戸惑った。

いつもの服装で行って、式のときだけ服を着替えるつもりだったが、どうやら二人の感覚ではそれはダメらしい。

その後も、「大丈夫、誰も気にしないわ」「気慣れている服のほうが落ち着く」などと言ってみるものの、

「お洒落は女の武器なのよ！」「そうですよ。サリー様が正しいです」と、サリーとロッティが譲らない。

二対一の状況に、オリビアが渋々うなずいた。

「……わかったわ。二階に行きましょう」

ロッティに店番をお願いしたあと、オリビアはサリーと共に二階の住居スペースに上がった。

「そういえば、オリビアの家に来るのは初めてだわ」

「わたしも誰かを入れるのは久々よ」

引っ越しの際に、エリオットに荷物を運び入れてもらって以来ね、と思いながら、オリビアは鍵を開けた。

「どうぞ入って」

お邪魔します。と、サリーが中に入る。そして、ややガランとした部屋を見回して、意外そうな顔をした。

「結構片付いているわね。もっと魔道具がゴチャゴチャ置いてある感じかと思ったわ」

「私だって片付けくらいするわよ」

そう言いながら、オリビアは胸を撫で下ろした。実は、普段はもっと散らかっているのだが、一昨日眠れなかったときに片付けたのだ。

怪我《けが》の功名ってやつねと思いながら、オリビアは部屋の片隅にある大きめの洋服タンスを指差した。

「とりあえず、服類は、あそこに全部入っているわ」

「わかったわ。開けさせてもらうわね」

サリーが洋服タンスの扉を開ける。そして、中を見回して、呆《あき》れたような声を出した。

「見事に同じような服ばかりね……。しかも、ほとんどスーツじゃない」

「……買い物に行っても、なぜか買っちゃうのよ。無難だし、仕事にも着られるし」

悪いことをしたわけではないのに、なぜかしどろもどろに言い訳をするオリビア。

「あ。でも、サリーと一緒に買い物に行って買った服はちゃんと着てるわよ」

「あれ冬服よ」

会うのがほとんど仕事帰りだから、まさかあの服が唯一の私服だとは夢にも思わなかったわ。と、サリーが苦笑いした。

「まあ、いつもの仕事着以外だったら何を買っても被らないってことだから、わかりやすくていいけど」

その後、二人は予算について話し合い、大体の額を決めると、外に出た。

春の暖かな日差しを浴びた街は、どこか楽しげだ。

サリーと並んで、白い石畳の上を歩きながら、オリビアが尋ねた。

「どこに買いに行くの？」

「ここから歩いて一〇分くらいのところにある、私の知り合いの店よ。置いている物もいいし、まとめて買えば安くしてくれるの。何よりオーナーのセンスがすごく良いのよ」

そして、歩くことしばし。サリーが一軒の店の前で足を止めた。

「ここよ」

オリビアは店を見上げた。水色の壁のとてもお洒落な雰囲気の店で、ショーウインドウには最新流行の服がたくさん飾られている。

（一人だったら絶対に入れなさそうね）

サリーのあとについて店に入ると、個性的な服装をした眼鏡の女性が出てきた。

「いらっしゃい、サリーちゃん。その子が今日のお客様？」

「ええ、そうよ。オリビア、こちらこの店のオーナーよ」

「今日はよろしくお願いします」

少し緊張しながら頭を下げると、オーナーが微笑んだ。

「ええ、任せてちょうだい」

オーナーは、オリビアとサリーを店の端にある椅子に座らせると、質問を始めた。どんな服が好きなのか、どこに来ていく服なのか、季節はいつなのか、など、事細かに聞いていく。

それに答えながら、オリビアは感心した。質問の種類や仕方など、とても勉強になる。

そして、質問が終わると、オーナーが服を何着か選んで持ってきた。

「まずはこれを着てみましょうか」

それは、ピンク色のワンピースだった。スカートがふんわりと膨らんでおり、大きく開いた胸には同じくピンクのコサージュがついている。

オリビアは思わず後ずさりした。ふんわりスカートや可愛らしいコサージュが流行っているのは知っているが、自分に似合うとは思えない。しかもピンク色なんて、着るのも恥ずかしい気がする。

彼女の引きつった表情を見て、オーナーがにっこり笑った。

「まずは、着てみましょう。似合わなかったら、買わなければいいだけよ」

「で、でも……」

「いいじゃない。着てみなさいよ。着るだけならタダなんだから」

サリーもにっこり笑う。

二人の美女に迫られて、オリビアは渋々うなずいた。

「……はい、わかりました」

（つ、疲れた……）

店に入ってから二時間後、オリビアがぐったりと椅子に座っていた。

（こんなに色々な服を着たのは、生まれて初めてかもしれない）

目の前の木製のハンガーラックには、購入候補の服がずらりと掛けられており、その横ではサリーとオーナーが激論を交わしていた。

「オリビアは色が白いから、淡い色の方がいいと思うわ」

「いいえ。淡い色ばかりでは顔がぼやけてしまいますわ。はっきりした色が入っていた方が、お顔が映えると思います」

その会話を聞きながら、オリビアは深く反省した。

（……わたし、自分に構わなすぎたわ）

王都に来る前は、激務のために、構う余裕がなく。来てからは、仕事に集中しすぎて構わず。

魔石宝飾品のデザインの参考にするために、流行は押さえているものの、自分には全く活用せず、着る服も「仕事で着られるし無難だから」と、似たようなものばかり。

そのせいで、今のオリビアは、自分にどんな服や化粧が似合うか分からなくなっていた。

（これを機に、ちゃんと考えてみようかしら）

珍しくお洒落について前向きに考える。

その後、オリビアは二人の勧めに従って服を数着購入して、サイズ直しを依頼すると、店を出た。

「さ、次は化粧品ね。お勧めの美容サロンがあるの」

楽しそうなサリーに連れられて到着したのは、薄桃色の扉が印象的な、高級感のある可愛らしい店だった。中には大きな鏡と立派な革張りの椅子が並んでおり、大きな棚には、化粧品や髪の毛の手入れ用品など、美容に関する様々なものがセンス良く並べられている。

（ここもすごくお洒落だわ）

サリーはよくこんなお洒落な店をたくさん知っているわね、と感心する。

そして、店主であるやや年上の笑顔が素敵な女性に、自分に合う化粧の仕方や、肌のお手入れ方法、髪の毛や眉毛の整え方などを丁寧に教えてもらうこと、二時間。

選んでもらった化粧品を一式買って外に出ると、外には淡い春の夕闇が漂っていた。

「もうすっかり夕方ね」

「そうね。時間が経つのは早いわね」

自分の店の様子を見に戻るというサリーに、オリビアは感謝を込めて頭を下げた。

「今日はありがとう。助かったし、とても勉強になったわ」

「いいのよ、私も楽しかったわ」

またね、とサリーが笑顔で手を振りながら立ち去っていく。

その後ろ姿を見送ったあと、オリビアは化粧品が入った紙袋を抱えて、自分の店の方向に歩き始めた。

夕暮れ時のせいか、街を行き交う人々の足もどこか忙《せわ》しない。

(慣れないことをしたからかしら。なんだか疲れたわ。今日も早く寝よう)

そんなことを考えながら石畳の上を歩き、店のあるラミリス通りの入り口まで進む。

そして、荷物を抱え直して歩き出そうとした、そのとき。

彼女は、前方に見覚えのある青年が歩いているのを見つけた。

(あれは……、エリオット?)

長身に意外とがっちりした肩と長い手足、茶色のハンチング帽。間違いなくエリオットだ。

オリビアの視線に気がついたのか、彼が振り返る。立ち止まると、嬉しそうな笑みを浮かべながら手を振った。

「こんばんは。買い物ですか?」

「ええ。そうなの。サリーに付き合ってもらったの」

そう言いながら傍《そば》に近づき、彼女は、彼が少し酔っていることに気がついた。

「もしかして、お酒飲んだ?」

「ええ。先ほど付き合いで少し飲まされました」

「お仕事の付き合い?」

「いえ。剣の師匠です」

予想外すぎる相手に、オリビアが目をパチクリさせた。

「エリオット、剣を習っているの？」

「ええ。今日久し振りに行ったら、ずっとサボっていた罰だと、かなり飲まされました」

師匠は酒豪なんです、と苦笑いするエリオットを、オリビアが同情の目で見た。

「それは大変だったわね。このあたりの店で飲まされたの？」

エリオットが軽く口角を上げた。

「……いえ。飲んだ場所は遠かったのですが、何となくここを通りたくなったのです」

そういえば、一年くらい前にもこんな感じのことがあったわね。と思い出しながら、オリビアが首をかしげた。

「そうなのね。このあたりってことは、角の薬屋さん？」

さあ。どうでしょうね。と、エリオットがつぶやく。手を伸ばすと、オリビアの荷物をひょいと持ってくれた。

「店まで荷物をお持ちしますよ。行きましょう」

「ありがとう」

灯《とも》り始めた街灯の下、二人は並んで歩き始めた。

オリビアが、感謝の目でエリオットを見上げた。

「昨日はびっくりしてしまってちゃんとお礼が言えなかったけど、一緒に行ってくれることにしてくれてありがとうね」

「気にしないで下さい、私が行きたかったのです」

そう答えると、エリオットが考えごとをするように黙り込んだ。その隣を、「酔って疲れているのかしら」と思いながら、オリビアも黙って歩く。

二人の横を、家に帰る子どもたちが笑いながら走り抜けていく。

そして、店に到着し、

「ありがとうね。助かったわ」

「いえいえ。私こそ思わぬ幸運でした。お陰で改めて決心がつきました」

「？　それは良かったわ？」

という、嚙《か》み合っているのか、嚙み合っていないのかわからない会話を交わしたあと。

オリビアは家の中へ、エリオットは一人夕方の街へと消えていった。


そして、その翌日。

エリオットから「今流行の観劇のチケットが取れたので、行きましょう」という誘いの連絡があり、次の休みに劇を見に行くことになった。

観劇とエリオット

（……なんだか落ち着かないわ）

エリオットと、今王都で流行の劇を見に行く約束をした日の、お昼過ぎ。

オリビアは店に置いてある大きな姿見の前に立っていた。

今日の彼女は、いつもの動きやすいジャケットスーツから一転、サリーに選んでもらった、白いブラウスにふんわりとした淡いモスグリーンのスカートを身にまとっている。

いつもはノーメイクに近い顔も、美容サロンで教えてもらった通り薄く化粧を施し、頭には流行りの形の帽子をかぶっている。

彼女は胸に着けた今流行の可愛らしいコサージュの位置を直すと、鏡を見た。

お洒落の先輩であるサリーの、

『お洒落は一夜にして成らず、練習あるのみ！　出掛けるときはちゃんとしなさいよ！』

という言葉に従って、がんばってみたのだが……。


（まるで別人みたい。あと、明らかに着慣れていないわね）

まるで、働き始めたばかりの、スーツが全く似合っていない少年のような印象だ。服に着られている、そんな感じだ。

（サリーの言う通りね）

この感じだと、結婚式でいきなりお洒落をしたら確実に浮く。こうやって事前に慣れておいた方がいい。

（何事も日々の鍛錬が大切なのね。魔導具作りと同じだわ）

彼女がそんなことを考えながら帽子をかぶり直していた、そのとき。

チリンチリン

ドアベルの音が鳴った。続いて「こんにちは」という聞き慣れた声が聞こえてくる。

（エリオットだわ）

ドアに歩み寄りながら、彼女は思った。

今までの言動から察するに、エリオットはオリビアの服装にあまり関心がない。多分、礼儀的に「お似合いですね」と、さらりと言われて終わるくらいだろう、と。

しかし、彼女のこの予想は大きく外れることになる。

彼は、着飾ったオリビアを見て一瞬目を見開くと、嬉しそうに微笑んだ。

「新しい服を着て下さったんですね。素敵ですよ。とてもお似合いです」

（……え？）

オリビアは思わず立ちつくした。予想外の大きな反応に、頭が回らない。

そんな彼女をながめながら、エリオットが口元を緩めた。

「オリビアは、淡い色がよく似合いますね。目の色とも合っていて、とても綺麗です」

「あ、ありがとう」

オリビアは、目を泳がせながら、しどろもどろに答えた。思いも寄らない大絶賛に、全身の血液が顔に集中するような感覚を覚える。

顔を赤くしてうつむく彼女を、エリオットが目を細めて見つめる。そして、傍に置いてあったオリビアの小さなハンドバッグを持つと、優しく手を差し出した。

「馬車を待たせてあります。行きましょう」


(……ふう。やっと落ち着いたわ)

馬車に乗ってしばらくして。窓から外をながめながら、オリビアはそっと息を吐いた。

(さっきは本当にびっくりしたわ……)

普段あまり容姿に言及しないエリオットに、褒められた。しかも、予想外の大絶賛だ。

二年以上の付き合いがあるが、こんなに容姿について何か言われたのも褒められたのも初めてだ。

(一体どうしたのかしら)

窓の外を見つめるエリオットの端整な横顔をながめるが、特に変わった様子はない。

そんな彼らを乗せて、馬車が街の中心地を走っていく。大きな建物の前を幾つも通り過ぎ、立派な柱が特徴的なお城のような建物の前に停《と》まった。劇場だ。

「行きましょう」

エリオットが先に馬車から降りて、「どうぞ」と、手を差し出す。

その大きな手につかまり、オリビアは馬車から降りると、やや緊張しながら階段の上にある劇場の入り口を見上げた。外から見たことは何度もあるが、実際に中に入るのは初めてだ。

そして、「ありがとう」とお礼を言いながら手を引っ込めようとした、そのとき。

エリオットが、彼女の手を優しく押さえた。

「オリビア。エスコートさせてもらってもいいですか？」

「……へ？」

未だかつてない申し出に、彼女は思わず大きく目を見開いた。

（エ、エスコート……？）

今までも馬車を降りる手伝いをしてもらったことはある。でも、その後はすぐに手を離してそれぞれ歩く感じで、エスコートされたこともなければ、しましょうかと言われたこともない。

（ど、どうしたのかしら）

動揺するオリビアを、「駄目ですか？」とでも言うように、エリオットがジッと見つめる。

そんな風に見られては断ることもできず、彼女はぎこちなくうなずいた。

「お、お願い……します」

少々上ずった彼女の返事に、エリオットは嬉しそうに口角を上げると、彼女の手をまるで大切なものを扱うようにそっと握った。

「……っ」

温かくて大きな手に包まれて、オリビアは思わず肩をピクリと動かした。慣れないせいか、とても落ち着かない。

エリオットが微笑んだ。

「では。行きましょう」


劇場に入る際に、突然エスコートされるというハプニングがあったものの、初めての観劇体験は素晴らしいものだった。

物珍しそうにキョロキョロするオリビアを、エリオットが優雅にエスコートし、到着した先は、舞台がよく見える二階席。カーテンで仕切られて個室のようになっている場所だった。

（ここ、高いんじゃないかしら）

そう心配するオリビアに、エリオットが上を指差した。

「本当に高いのはあそこです」

見上げると、そこはボックスのようになっており、華やかなドレスを身にまとったご婦人と紳士が歓談している。どうやら上位貴族はそこに座るらしい。

その後の舞台も素晴らしいものだった。

特に、役者たちが身に着けている古風な宝飾品のデザインが素晴らしく、オリビアはノートを取り出して夢中でそれを描き写した。

劇が終わったあとも興奮状態で、いかにデザインが素晴らしかったかを力説しながら、エスコートされるがまま劇場を出て、再び馬車に乗り込む。

そして、導かれるまま、タルトが美味しいと評判の、クラシックな雰囲気漂う洒落たカフェに入ったのだが。

（……や、やっぱり変だわ！）

エリオットの状態異常は未だに続いていた。

普段から優しいが、今日は輪をかけて優しく、常にオリビアを気遣ってくれる。移動は

常にエスコートだし、タルトを食べながらふと視線を感じて目を上げれば、

（……っ！）

向けられているのは、思わず顔を伏せてしまうほどの、優しさを帯びた柔らかい視線だ。

エリオットが、たまにオリビアが食べている様子を、にこにこしながら見ているのは知っている。それに関して、「何を見ているのかしら」くらいしか思ったことはない。

しかし、今日のエリオットの視線は、オリビアを動揺させるのに十分な何かを持っていた。

（ど、どうしたのかしら）

林檎《りんご》タルトに続き、バナナタルトをもぐもぐと食べながら、オリビアは考え込んだ。いつもと違うエリオットの様子に、戸惑いを覚える。

そして、しばらく考えて、彼女は思い当たった。

（……もしかして、すごく疲れて眠いんじゃないかしら）

自分もたまにあるが、疲れて眠すぎてテンションがおかしくなっているのではないだろうか。もしかすると、忙しいのに無理に時間を作ってくれたのかもしれない。

（そうだとしたら、とても申し訳ないわ）

そして、食事が終わると、オリビアはエリオットを感謝の目で見た。

「ありがとうね。エリオット。劇は面白かったし、タルトもとても美味しかったわ。でも……」

彼女は目を伏せた。

「わたし、あなたがすごく疲れているんじゃないかと心配しているの。無理してくれたんじゃない？」

エリオットが怪訝《けげん》そうな顔をした。

「なぜです？」

「様子がいつもと違う気がして」

「……どう、違うと思ったんですか？」

穏やかに尋ねられ、オリビアは腕を組んで考え込んだ。

「うーん。なんか、変な感じ、かしら？」

「変な感じ」

エリオットが、思わずといった風にオウム返しする。そして、片手を軽く額に当てると、堪《こら》えきれないように笑い出した。

「なるほど。そう来ましたか」

見たこともないほど大笑いする彼を見て、困惑するオリビア。

エリオットが笑いながら小さくつぶやいた。

「とりあえず我慢するのをやめるところからスタートしてみたのですが、難しいものですね」

「え？　なに？」

「いいえ。何でもありません」

言葉がよく聞こえず戸惑うオリビアに、「失礼しました」と、エリオットが謝る。そして少し迷うように黙ったあと、ゆっくりと口を開いた。

「一つだけ聞かせてください。今日の私は、あなたに不快な思いをさせましたか?」

さりげなく聞いている風ではあるが、どこか緊張した雰囲気だ。

真面目に答える必要を感じ、オリビアは思案に暮れた。

今日のエリオットは全体的に変だった。妙に褒めてくれるし、エスコートしてくれる。ちょっと甘かったような気もする。

「不快な感じはなかったわ」

(……でも、嫌だとは思わなかったわ)

オリビアの答えに、「そうですか」と、エリオットは、ホッとしたような表情を浮かべると、彼女に微笑みかけた。

「心配しないでください。私は疲れていません。健康そのものです。ただ、加減がまだわからないだけです」

加減って何かしらと首をかしげつつも、「それならいいけど」とオリビアがうなずく。

その後、エリオットは何事もなかったように会話を続けた。話題はいつも通り、仕事の話や街の話だ。

ごく普通に話す彼を見て、彼女は胸を撫で下ろした。

(どうやら元に戻ったみたいね)

オリビアは思った。今日はこの調子で店を出て、いつも通り解散になるのだろうと。

しかし、事態は予想の斜め上をいくことになる。

食べ終わってカフェを出た二人は、いつものように街を散歩しながら、オリビア魔石宝飾店に向かった。劇の話やカフェで食べたタルトの話など、会話を楽しむ。

そして、店の入り口に到着し、

「送ってくれてありがとう。本当に楽しかったわ」

「こちらこそ。私も楽しかったです」

という、いつも通りの会話を交わし、オリビアが「じゃあね」と普通に家に帰ろうとした、そのとき。不意にエリオットがそれを呼び止めた。

「オリビア。ちょっと待ってくれませんか」

「……どうしたの?」

初めてのことに、オリビアが立ち止まって振り返る。

エリオットは軽く息を吐くと、少し緊張した様子で尋ねた。

「……お別れの挨拶をしてもいいですか?」

「え?　お別れの挨拶?」

オリビアは首をかしげた。意味がよくわからないわ、と思いつつも、挨拶ならばと、こくりとうなずく。

エリオットは、ホッとしたように微笑むと、そっと彼女の右手をとった。

触れられる感触を感じ、オリビアは自分の手に視線を移した。ゆっくりと持ち上げられた手の先にあるのは、エリオットの端整な顔。

(……え?)

呆気にとられる彼女の手の指先に、柔らかい何かが触れる。続いて向けられる、色眼鏡越しにでもわかる熱っぽい視線。

「……っ!」

オリビアは絶句した。頭の中は真っ白だ。

そんな彼女を愛おしげに見つめながら、エリオットが「また連絡します」と名残惜《なごり》しそうに立ち去っていく。

それを呆然と見送ったあと、オリビアは声にならない叫び声を上げた。両手で顔を押さえたまま二階の自室に駆け上がり、部屋を小走りで横切りベッドに飛び込む。そして、枕を抱えると、顔をうずめて転げ回った。

「い、今の何!?　エリオット、や、やっぱり変だわ!」

そして、この日以降、エリオットのこうした行動が、オリビアを度々赤面させるようになった。

ゴードン大魔道具店

エリオットと観劇に行った翌週の午後、オリビアは、王都の中心を歩いていた。

空は青く晴れ上がっており、心地良い風が街路樹の緑を揺らしている。

彼女はまぶしそうに空を見上げた。

「もうすぐ夏ね」

そして、大きくてお洒落な店が並ぶ大通りを歩くこと、しばし。オリビアは、通りの中で一、二位の大きさを誇る建物の前に到着した。オリビアの古巣である、ゴードン大魔道具店だ。

正面のドアを開けて中に入ると、ミルクティー色の髪を顔の横でふんわりと束ねた、おっとりとした雰囲気の女性が声を掛けてきた。

「ゴードン大魔道具店へようこそ、――て、あら、オリビアちゃん」

声を掛けてきたのは、販売店員のローズだ。今でもオリビアがお世話になっている、この店唯一の女性の先輩だ。

彼女は嬉しそうに微笑んだ。

「久し振りね、オリビアちゃん。元気？」

「おかげさまで、元気です」

「ロッティちゃんはうまくやっているかしら？」

「はい、すごくがんばってくれています。もうわたしよりも会計に詳しいかもしれません」

「あの子、しっかりしているものねえ」

「本人は、ローズさんの教え方が良かったからだって言っていました」

まあ、とローズは嬉しそうに笑うと、「ちょっと待っていて」と、近くにいた他の店員のところへ行く。そして、一言二言言葉を交わすと、オリビアの方を振り返った。

「ゴードンさんのところに行くのよね、案内するわ」

オリビアは、店に出ている他の店員に挨拶しながら、ローズについて店舗奥にある階段から二階に上がった。二階の店舗部分を通り抜け、狭い廊下を歩いていく。

そして、一番端の部屋の前に到着すると、ローズがドアをノックした。

「ゴードンさん、オリビアちゃんです」

「入ってくれ」

ドアを開けて中に入ると、そこは雑然とした執務室だった。山のように書類が積まれた大きな執務机の前に、この店の経営者である、面倒見の良さそうな、体格の良い髭《ひげ》の中年男性――ゴードンが座っていた。

　彼はオリビアを見ると、嬉しそうに立ち上がった。

「よく来たな、オリビア。一昨日は済まなかったな、出掛ける用事があってな」

「いえ、わたしが急に来ただけなので、大丈夫です。急ぎの用事でもなかったですし」

二人は、執務机の前にある応接セットに向かい合って座った。そこにローズが笑顔でお茶を持ってきてくれる。

　そして、ローズが「失礼します」と立ち去ったあと、ゴードンがオリビアの目を見た。

「それで、話って何だ？　何かあったのか？」

オリビアは改まったように座り直した。しばし、どう切り出すのが良いか迷ったものの、そのまま言うことに決めて口を開いた。

「色々ありまして、一か月半後に、ダレガスに一週間ほど帰ることになりました」

　ゴードンが少し驚いた顔をした。

「そうか。何かあるのか？」

「はい、義妹の結婚式があるみたいで」

「……は？」

　ゴードンがポカンとした顔をした。

「義妹って、確か、お前さんの元婚約者と結婚するとか言っていなかったか？」

「はい。なぜかその招待状が来たのです」

呆気にとられるゴードンに、招待状が来たことと、中身について淡々と説明する。

そして、話し終わると、ゴードンが片手で顔を覆って、はあ、と大きなため息をついた。

「怒りというよりは、呆れるような話だな。正気の沙汰とは思えない」

そして、気を取り直すようにお茶に口をつけると、彼女を見た。

「それで、お前さんはどうするんだ。その話しぶりだと、行くことにしたんだな」

オリビアがうなずいた。

「よい機会なので、けじめをつけてこようかと思いまして」

「けじめ、か」

「はい、家と店が、本当に正当な方法で義父のものになったのか、確かめたいと思っています」

今回、二年前の出来事に、ちゃんと向き合って考えてみて、オリビアの中に一つの疑問が湧いてきた。

『家と店は、正当な方法で義父のものになったのだろうか』

当時は、実家でしか働いたことがない世間知らずな上に、父母が死んだ直後でまともに考えられる状態ではなく、言われるがまま流されて、受け入れてしまった。でも、王都で様々なことを経験した今なら分かる。あれはおかしかった。

今までは、思い出すのが辛くて考えないようにしてきたが、これを機にちゃんと調べるべきだと思う。

ゴードンがうなずいた。

「確かにおかしな話だったからな。――それで、どうするつもりだ?」

「まずは、義父に話を聞いてこようと思います。それと、権利書も見せてもらって、その上で、どうするかを考えたいと思っています」

「そうだな。まず確かめた方がいい」

「帰ってきたら、相談させてもらってもいいですか」

「もちろんだ。忙しくなりそうだな」

「はい、それと――」

オリビアが持っているカップに視線を落とした。

「ついでに、ジャックに会いに行こうかと思っています」

ジャックとは、父の店で働いていた従業員だ。オリビアが幼いころから店におり、彼女も家族のように慕っていた。最後まで味方でいてくれた人で、店が取られたときも役所に行って確かめてくれたりした。

しかし、義父が貴族から受けた、犬の首輪やら門の鍵などの仕事を大量に持ち込んでくるようになり、オリビアを庇《かば》おうと無理して働いた結果、病気になってしまい、田舎に帰らざるを得なくなってしまった。

彼女は目を伏せた。

「王都に来てから、何回かお見舞いと手紙は送ったのですが、返事がなくて心配で」

田舎には、ジャックの親戚がいると聞いているので、大丈夫だとは思う。でも、元気かどうかくらいは知りたい。

「なるほどな。ジャックは、ダレガスから少し離れたところにある村の出身だったな」

「はい」

ゴードンが心配そうな顔をした。

「結婚式もそうだが、まさか、お前さん、一人で行くつもりか？」

「いいえ」とオリビアが首を横に振った。

「結婚式も、ジャックの田舎も、エリオットという友人が一緒に行ってくれることになりました」

ゴードンが目をぱちくりさせた。

「エリオット？　……もしかして、時々お前さんを店の前まで送ってきていた、あの色眼鏡の男か？」

「はい、そうです」

そういえば、店の下でゴードンさんと何回か会ったことがあるわね、と思い出しながらうなずく。

ゴードンが、「なるほど」と考え込んだ。

「確か、ディックス商会の三男坊って話だったな」

「はい」

「お前さんとの付き合いはどのくらいになる？」

「王都に来てからすぐなので、二年ちょっとです」

ふむ、とゴードンが考え込む。そして廊下に出ると、声を張り上げた。

「ローズを呼んでくれるか」

そして、ローズが現れると、オリビアの横に座らせて、真剣な顔で尋ねた。

「オリビアのことを送ってきていた、眼鏡の男のことをどう思う？」

ローズが、長いまつげをパチパチさせた。

「ええっと、あの、背の高いかっこいい男の子よね？　確かエリオットっていう」

「そうだ。今度オリビアと一緒にダレガスの結婚式に行くそうだ」

ローズが思わずといった風に吹きだした。

「まあ、ゴードンさん、娘を心配するお父さんみたいな顔をしているわよ」

そして、そうねえ、としばし考え込むと、笑顔で口を開いた。

「私はいいと思うわ。何回か話したことあるけど、礼儀正しい好青年って感じがしたわ。すごく上品そうなところが少し気になったけど、真面目そうだし浮気しなさそうだし。オリビアちゃんがもしも妹で、彼を恋人として連れてきても、反対しないと思うわ」

「ちょ、ちょっと待ってください」

オリビアが焦って、ローズを遮った。

「エリオットとはそういう感じじゃないです、友人です」

ゴードンとローズが呆れた顔をした。

「お前さん、男がただの友達の女の子と一緒に故郷になんて行くと思うか？」

「そうよ、結婚式に一緒に行くって、そういうことよ」

いやいや、そんなことは。と、否定しようとするものの、観劇の際のエリオットを思い出して、何も言えずに黙り込む。

ゴードンとローズが、そんなオリビアを生ぬるい目で見た。

「……まあ、おれも悪い気がしなかったし、あの男なら大丈夫だろう」

「そうね。これから色々と楽しみだわ」

オリビアが、耳まで赤くなって下を向く。

その後、二人に生暖かく見送られながら、彼女は逃げるように帰路についた。

出発の二週間前

ゴードン大魔道具店に行った翌月、出発の二週間前の夕方。

オリビアは、店を訪ねてきたエリオットと、入り口入ってすぐの所で立ち話をしていた。

「そうなの、じゃあ、これから出るの？」

「ええ、急ぎ済ませておかなければならない用事ができまして」

彼が申し訳なさそうな顔をする。今日になって急に仕事が入り、二週間ほど王都を離れなければならなくなったらしい。

出発までには戻ってきますと言うエリオットに、オリビアが心配そうな顔をした。

「大丈夫？　無理をしているんじゃない？」

「問題ありません。何度も言いますが、私が行きたいのです」

エリオットが微笑みながらもきっぱりと言う。

「それでなのですが、ついでにダレガス行きの鉄道馬車の切符と、現地のホテルも手配しておこうと思っています。それと、ジャックさんの住んでいる田舎についても調べておきます」

ついでなので気にしないで下さい、とさりげなく言うエリオットを、オリビアが感謝の目で見た。

「ありがとう、何とお礼を言っていいかわからないわ」

彼が嬉しそうに目を細めた。

「あなたが喜んでくれることが、一番のお礼ですよ」

そして、オリビアの手をそっととって、甲に軽くキスをした。

「では、ごきげんよう。また連絡します」

◇

エリオットが出ていったあと、オリビアは火照った頬を両手で押さえながら、作業室の椅子に座り込んだ。

（……これは、どう考えればいいのかしら）

この一か月半、彼はオリビアを様々な場所に連れていってくれた。

サーカス、オペラ、美味しい店や流行りのスイーツ店など、王都の流行を踏まえたオリビアの好きそうな場所だ。

今の彼女はとても忙しい。結婚式に出るための時間を捻出するために、いつもの倍は仕事をしている。

そんな彼女が適度に息抜きできているのは、エリオットが誘ってくれているお陰に他ならない。

（それに、あまり考え込まずに済んでいるのも、彼のお陰よね）

元婚約者と義妹との結婚式に証人として出る上に、自分にひどい仕打ちをした義家族と向き合うのだ。落ち込んだり憂鬱になったりしてもおかしくない。

でも、エリオットが一緒に行くと言ってくれたお陰で、だいぶ気が楽だし、あちこち楽しく出掛けて気分転換させてくれているため、そこまで落ち込まずに過ごせている。

これについては、感謝しかないし、実際にとても感謝している。

が。

エリオットの態度が、以前とは明らかに違うのだ。

常にエスコートしてくれるし、今までにも増して気遣ってくれる。

お別れの手にキスなどは序の口で、この前なんて、解けた靴紐《くつひも》をひざまずいて結んでくれるという激甘な行為で、オリビアを真っ赤にさせた。

そのときのことを思い出し、オリビアは思わず赤面した。

お別れのキスはわかる。手へのキスは「敬愛」を意味するし、貴族の男性が女性に対する挨拶としてしているのを、たまに見る。

しかし、靴紐は明らかに普通ではない。

一回目の観劇では驚きしかなかったが、二回、三回と、回数を重ねていくに連れ、さすがのオリビアも気がつき始めた。

これは頻度的にも内容的にも、明らかに友人の域を超えている。

（やっぱりゴードンさんとローズさんの言ったことが正しかったのかしら。……でも、わたしたち、ずっと友達だったわよね？）

彼女は、「はあ」とため息をつきながら机に突っ伏した。エリオットの変化に、心の整理がつかない。

「どうしたんです？　オリビア様」

ロッティが、お茶を淹れてくれながら、首をかしげる。

しっかり者の少女を見上げながら、オリビアは思った。

これ以上自分の中に溜めておくのは無理だし、思考がグルグル回るだけだ。冷静なロッティに話を聞いてもらって、どう思うか聞いてみよう。

「実はね……」

絶対に誰にも言わないでよ。と念を押すと、オリビアは最近のエリオットの様子を話し始めた。

ロッティが、ふむふむ。と、うなずきながら話を聞いてくれる。

そして、話が終わると、彼女は「ふうむ」という風に腕を組んだ。

「確かに、友達の域はとうに超えていますね。というか、はっきり言って、完璧に好きな女の子に対する態度ですよね。それ」

やっぱりそうよね。と、オリビアがつぶやく。

「でも、私が思いますに、エリオット様はずいぶん前からオリビア様のことが好きだったように思います」

「え、そうなの？」

「はい。実を言うと、半年前にこちらを紹介していただいたとき、私、オリビア様はエリオット様の恋人だと思ったんです」

意外な言葉に、オリビアが軽く目を見開いた。

「……どうしてそう思ったの？」

「エリオット様が、オリビア様の心配ばかり口にしていたからです」

「心配」

「はい。しっかりして見えるけど抜けてるところがあるとか、放っておくと仕事に没頭しすぎるとか、稀代《きだい》の方向音痴だ、とか」

オリビアは苦笑いした。ありがたいような、貶《けな》されているような、複雑な気持ちだ。

「ですから、尋ねたんです。『オリビア様はエリオット様の恋人なのですか？』と。でも、エリオット様はこう答えたんです。『彼女は私の大切な友人です』と」

それを聞いて、オリビアがコクコクとうなずいた。

「そうなのよ！　エリオット自身もずっとそう言っていたし、わたしも友達だと思っていたのよ。でも、彼、最近『友人』っていう単語使わないのよね……」

それは、エリオットのもう一つの変化で、「友人」という言葉を一切使わなくなったのだ。

「最近っていつからですか？」

「……多分だけど、結婚式に一緒に行くことが決まってからだと思うわ」

ロッティが納得したようにうなずいた。

「ピンチに陥ったオリビア様を見て、自分が守りたいと思ったのではないでしょうか。以前お世話になっていたメイド長が言っていました。『男性は女性の弱いところを見ると守りたくなる生き物だ』って」

「そうなの？」

「はい。でも、急に『好きだ』なんて言ったら、オリビア様が逃げそうなので、まずは友達としてではなく異性として見てもらえるようにと、好きな女の子扱いから始めている感じじゃないでしょうか」

彼女の鋭い意見に、オリビアは舌を巻いた。言われてみれば、正にそんな感じがする。

ロッティが考えるように口を開いた。

「……これは私の意見ですが、大切なのはオリビア様の気持ちだと思うんです。オリビア様がエリオット様をどう思っているか、です」

そう言われて、オリビアは思案に暮れた。

もちろん嫌いではないし、かなり好きだと思う。話をしていて楽しいし、気も合うし、信頼している。性格も穏やかで優しいと思うし、容姿も素敵だ。

でも、これらが異性に対する「好き」かと聞かれると、正直よくわからない。

（ずっと友達だと思っていたから、異性として見られなくなっている気がするのよね……）

悩むオリビアを見て、ロッティが「なるほど」と、つぶやいた。

「答えが出ないというのも答えだと思いますので、ここは流れに身を任せてみてはどうでしょうか。メイド長が言っていました。『男と女の仲は、なるようにしかならない』って」

なるほどなるほど。と、オリビアは真面目にうなずいた。

恋愛経験皆無の彼女には非常に参考になるし、そう考えるのが一番自然な気がする。

「そうね。考えても仕方ないものね。そのメイド長さん、いいこと言うわね」

「ええ。部屋にロマンス小説がズラリと並んでいましたから」

「……え？　ええっと、ご本人は……」

「彼氏ナシの独身です」

「……」

情報源に若干の不安は覚えるものの、とりあえず流れに身を任せてみることに決めるオリビア。

その後、彼女の方にも、急な仕事が入った。
他のことを考える余裕がないほど難しい仕事で、寝る間も惜しんで仕事に没頭する。
そして、仕事が終わり、やれやれと思ったときには、出発の日が目前に迫っていた。

第四章　鉄道馬車の旅

結婚式の二日前、出発の日。

朝方ようやく最後の仕事を終わらせたオリビアが、大きめの赤いキャリーケースを持って、王都中央にある鉄道馬車の駅入り口付近に立っていた。

（……いよいよね）

自分を落ち着かせるように細く息を吐きながら、彼女は初夏の空を見上げた。黒っぽい雲に覆われており、今にも雨が降り出しそうだ。

見送りに来てくれたサリー、ニッカ、ロッティの三人が心配そうな顔をした。

「気をつけてね。オリビア。宿に着いたらすぐにドレスを出して皺《しわ》を伸ばすのよ」

「発言には気をつけるんだぞ。言質を取られないようにしろよ」

「くれぐれもお気をつけて。お店はお任せください」

オリビアは感謝を込めて「ありがとう」と頭を下げた。三人には本当にお世話になった。

サリーが周囲を見回した。

「ところで、エリオットはどうしたのかしら」

「東側待合室で合流したいって手紙が来たわ。なんでもすごく忙しいらしくて、ギリギリになるらしいの」

「切符は大丈夫なのか？」

「ええ。買っておいてくれるって言っていたわ」

その後、手を振る三人に見送られながら、オリビアは駅に入った。

入り口に立っていたポーターに、東側待合室まで荷物を運ぶようにお願いする。そして、荷物を運ぶポーターの後ろを歩きながら、久し振りに来た王都駅を、感慨深く見回した。

広い空間に太い柱、その間を行き交うたくさんの忙しそうな人々、ホームには大きくて立派な馬が停まっている。

（……変わっていないわね）

高い天井や太い柱をながめながら、思い出すのは、二年半前に初めてここに降り立った日のことだ。

右も左もわからず、ただただ圧倒された記憶に、オリビアは思わず口元を緩めた。

（本当におのぼりさんって感じだったわね）

ポーターが案内してくれたのは、ホームの端にある、人がまばらな大きめの待合室だった。

オリビアは、お礼を言ってお金を払うと、空いている椅子に座って、ぼんやりとホームをながめた。

二年前のことや、故郷に残した父の店のことが、脳裏に蘇《よみがえ》ってくる。

（……お店、どうなっているかしら）

父母は緑が好きで、草木をたくさん植えていた。店の外の花壇も緑でいっぱいだったし、店の中も緑色の鉢植えがたくさん置かれていた。

オリビアの代わりにと義父が雇った魔道具師の女性は、草木の世話がとても上手だった。あのまま彼女が世話を続けてくれていれば良いのだが……。

忙しそうに歩き回る人々をぼんやりながめていると、連想ゲームのように、次々とダレガスでの出来事が浮かんでくる。

ヘンリーに婚約破棄されたことや、義家族に店と家を追い出されたときのことを思い出し、オリビアは思わず眉をひそめた。

駄目だと思っているのに、頭が勝手に悪い方向に働きだす。

（領主の息子に婚約破棄された上に、デザインを盗んだと家と店を追い出されたのだもの。否定する間もなく出てきたから、相当悪い噂《うわさ》が流れたでしょうね……。誰かに会ったら根掘り葉掘り聞かれそうな気がする）

思わずため息が出て、気持ちがどんどん重くなっていく。

（憂鬱だわ……）

彼女がキャリーケースに突っ伏してため息をついていた——、そのとき。

「遅くなってすみません」

上から穏やかな男性の声が降ってきた。

その聞き慣れた声音に安堵《あんど》を覚えて顔を上げると、そこには革の大きなスーツケースを持ったエリオットが立っていた。薄いグレーのスーツを着て、いつもの緑色の色眼鏡をかけている。

「お待たせしました」

「そこまで待っていないから大丈夫よ。来てくれてありがとう」

そう言いながら立ち上がるオリビアを見て、エリオットが心配そうに目を細めた。

「……顔色が悪いですね。気分は大丈夫ですか？」

「ええ。大丈夫よ。少し人混みに酔ってしまったのかもしれないわ」

「では、先に乗り込んでしまった方が良いですね」

行きましょう、と、エリオットがさりげなくオリビアのキャリーケースを持つと、ゆっくりと歩き出した。

その広い背中の後ろをついて歩きながら、彼女は、ホッと息をついた。

（良かったわ。エリオットが来てくれるって言ってくれて）

一人だったら悪いことばかり考えて、押し潰されていたかもしれない。

そして、感謝の目で彼を見上げて、オリビアは「あら？」と首をかしげた。

（なんだか、いつもと違うような気がするわ）

「……エリオット。今日は雰囲気が違うわね」

「服の色が違うからではないでしょうか」

そう言われて、オリビアは彼の服装を改めて見た。

いつもの彼は、茶色いストライプのスーツを着ているが、今日は一転、質の良さそうな薄いグレーのスーツを着ている。被っている帽子も、見慣れたハンチング帽ではなく、グレーのつば付きの帽子だ。

なんだか、いつにも増して上品な感じがするわ、と思いながら、オリビアが口を開いた。

「今日は普段と違うのね」

「ええ。結婚式への出席ですので」

そんな会話をしながら、雑踏を縫うように進み、ホームに到着する。

そこに停まっている鉄道馬車を見て、オリビアは思わず声を上げた。

「え！　これって特級？」

通常の鉄道馬車は二両編成で、一両の定員は一二名、最大二四人が乗れる。

しかし、目の前に停まっているのは、四両編成。各車両が個室になっている、貴族や金持ち御用達《ごようたし》の特級鉄道馬車だ。

（これ、確か普通の倍以上の値段するのよね。わたし、手持ちあるかしら……）

オリビアの心配を察したのか、エリオットが軽く言った。

「心配しないでください。私が勝手に予約しましたので、ここは私が払います」

「そ、そんなわけにはいかないわ！　仕事を休んでまでついてきてもらっているのよ。わたしが払うわ」

ここは譲れないわ。とばかりに、オリビアが頑固に言い張る。

エリオットが、わかりました。といった風にうなずいた。

「では、普通車両分をお願いします。残りは私が払いますので」

「でも……」

「私も男ですので、格好つけさせてください。それに、式に臨むにあたって、人に聞かれたくない話をする必要がありますし」

「……それもそうね。わたしも聞きたいことがあるわ」

オリビアが渋々うなずく。確かに、個室の方が都合がいい。

（でも、好意に甘えっぱなしは良くないわ。帰ったらちゃんとお礼しないと）

そんなことを考える彼女の目の前で、エリオットが先に車両に乗り込み、荷物を棚の上にのせる。

「オリビアもどうぞ」

そう言われて中に入り、彼女は目を見張った。

（予想以上に、豪華だわ）

個室はゆったりとした四人掛けで、普通車より質の良さそうな布張りのベンチが、向かい合わせに備え付けてある。

来るときは腰が痛くなったが、これならば快適に過ごせそうだ。

オリビアは、荷物を積んでくれたお礼を言いながら、エリオットの斜向かいに座った。

軽く息をつくと、窓の外をながめる。

(さあ。いよいよね)

店のことや義家族のこと、元婚約者ヘンリーのことなどが頭に浮かび、きゅうっ、と胃が縮む感じがする。思わず顔を歪ませながら、片手でお腹のあたりをさする。

そんな彼女を見て、辛そうに目を細めるエリオット。穏やかに口を開いた。

「オリビア。隣に座らせてもらってもいいですか?」

「え?　ええ。いいけど」

突然の言葉に目を白黒させながら、こっちの方がながめが良いのかしら、と彼女が少し横にずれる。

エリオットは、「失礼」と言ってその横に座ると、彼女の手をそっととった。

(……っ!)

彼の思わぬ行動に、オリビアが軽く固まる。

エリオットは、彼女の小さな手を優しく包んだ。

「大丈夫ですよ。私も一緒に行きますから」

その言葉と大きな手の温《ぬく》もりに、オリビアは肩の力が抜けるのを感じた。重苦しかった心が軽くなっていく。

彼女は、頭をこてんと彼の肩に預けると、窓の外をながめながら、つぶやいた。

「……ありがとう。あなたが一緒に来てくれて本当に良かったわ。一人だったら、わたし、すごく心細かったと思うわ」

エリオットが何も言わず、彼女の手を握る手にそっと力を込める。

ジリジリジリ、というベルの音が鳴り響き、馬の嘶《いなな》きと共に、鉄道馬車が動き始めた。

窓の外を、人や信号がゆっくりと流れ始め、だんだんそれが早くなっていく。

その様子を、エリオットに軽く寄りかかりながら、何も言わずにながめるオリビア。

そして、しばらくして、王都を抜けた鉄道馬車が、田園地帯を走り始めたころ。

彼女は、ふと気がついた。

冷静に考えたら、今ものすごく恥ずかしいことしてないか、と。手を握って寄りかかるだなんて、まるで、こ、恋人同士じゃないか。

(わ、わたしったら！)

オリビアは思わずガバッと立ち上がると、両手で顔を覆った。頬がまるで高熱を出したかのように熱い。

そして、息をスーハースーハーしたあと、なるべく普段通りの表情でエリオットの斜め向かいに座った。

「そ、そういえば、エリオット、さっき話すことがあるって言っていたけど、何かしら」

なかったことにしようと、がんばるオリビアを見て、エリオットが顔を背けて肩を震わせる。

そして、恨みがましくジト目で睨《にら》むオリビアに「失礼しました」と謝ると、少し考えたあと、口を開いた。

「お先にどうぞ。先ほど聞きたいことがあるとおっしゃっていましたよね」

そういえばそうだったわね。とオリビアが、軽く咳《せき》ばらいした。

「わたしが聞きたかったのは、あなた自身のことよ。わたしたち、あまりお互いのことを話さないから、ほとんど知らないでしょ。パートナーのことを知らないのも変な気がして」

エリオットが、それもそうですね。と、つぶやく。そして、しばらく考え込んだあと、ゆっくりと口を開いた。

「では、改めて自己紹介しましょう。私の名前は、エリオット・ディックス。ディックス商会の三男ではありますが、実は養子で、実家の方針で、親戚であるディックス家に奉公に出されました」

「え！」

予想外の告白に、オリビアは目を見開いた。

貧しい家の優秀な子どもが、お金のある親戚の家に養子として奉公に出される話はよく聞く。でも、まさか貴族然としているエリオットがそうだとは思わなかった。

（……これ、聞いて良かったのかしら）

よくある話ではあるが、聞こえが良いという訳ではない。

養子を差別する人も多いし、「家柄が劣る下賤《げせん》な人間」と揶揄《やゆ》する人もいるので、養子であることは隠しておくのが一般的だ。養子であったオリビアの父も、人にそのことを言わないようにしていた。

それに、元の家から奉公に出されたなんて、彼にとっても、あまり良くない思い出のような気もする。

そんな心配をするオリビアの表情を見て、エリオットが微笑んだ。

「ああ。気を遣わないでください。わたしは養子に出されて良かったと思っているので」

「そうなの？」

「ええ。実家はとても変わった家でしてね。父親の口癖が、『男は拳《こぶし》で語れ』なんですよ」

「……拳」

「揉めたらすぐ決闘で、生傷の絶えない日々でした」

穏やかなエリオットからは予想もつかない家族の話に、オリビアは驚きを覚えた。

「物静かなご両親かと思っていたわ」と言うと、それは奉公先の両親ですね、という答えが返ってきた。

ちなみに、実家には兄と姉がおり、揃いも揃って脳筋らしい。

エリオットが遠い目をした。

「お菓子の大きさが違えば決闘、誕生日だからと決闘、三日に一回は決闘に巻き込まれていましたね……」

「そ、そうなのね」

「ええ。なので、ディックス家の方がずっと常識的なのです。とりあえず話し合いが成立しますし、拳が出てきませんから」

オリビアは思わず、くすりと笑った。

剣術を習っていたり、体格が良くて力が強かったり、不思議だなと思っていたが、まさかそんな理由があるとは思わなかった。

（わたしよりずっと貴族っぽいのに。人は見かけによらないのね）

彼女が、くすくす笑っていると、エリオットが「それでなんですが」と改まったように口を開いた。

「結婚式の際には、ディックスという姓を名乗らずにおきたいのです」

オリビアは目をぱちくりさせた。

「そうなの？」

「はい。『ディックス商会のエリオット』と名乗りたいと思っています。貴族以外は姓を名乗る習慣がないので、名乗らなくても差し支えはないかと」

「それはそうだけど、どうして？」

「私の意思というよりは、家の方針のようなものです」

エリオットが何でもないことのように、さらりと説明する。

オリビアは、「ふうん」と首をかしげた。もしかして今の養子の話と関係があるのかもしれない。

（……家庭の事情かしら。ここは詳しく聞かない方がいいわね）

彼女は、わかったわ、とうなずいた。

「もしも聞かれたら、そういう風に紹介するわね」

「ありがとうございます」

そして、エリオットの話が終わり、今度は、彼がオリビアに質問する番になった。

なんでも聞いて、と言う彼女に、エリオットが微笑んだ。

「ありがとうございます。私が聞きたいことは二つあります。一つ目は、元婚約者のことです」

オリビアは目をパチクリさせた。

「ヘンリー様のこと?」

「ええ、お聞きしておいた方が良いと思いまして」

それもそうね、とオリビアは淡々と口を開いた。

「ヘンリー様は、ベルゴール子爵家の四番目の子どもよ。わたしよりも二歳年上で、領主様の仕事を手伝っているって言っていたわ」

「なるほど、よくいる地方貴族の息子というところですね。ちなみに、どんな経緯で婚約が決まったのですか?」

「ええっと、一五歳のときに、ベルゴール子爵家から婚約の打診があったの。わたしのデザインのセンスを見込んで婚約を打診した、みたいなことを言っていたわ。お父さんとお母さんはあまり乗り気ではなかったけれど、領主様の息子ってことで、断れる雰囲気ではなかったわね」

「では、好き合って婚約、という訳ではないのですね」

「ええ。ヘンリー様と会ったのは、婚約の話が出てからだったわ」

そうなのですね。と、エリオットが安心したような表情を浮かべる。

「二つ目の質問は、ジャックさんが請け負っていた仕事のことです」

「仕事?　店のってこと?」

エリオットがうなずいた。

「以前、ジャックさんは貴族向けの、犬の首輪や門の鍵を作る仕事をさせられて体調を崩したと言っていましたが、それは、オリビアが以前言っていた、作れる人間が限られるという門の鍵のことですか」

オリビアがうなずいた。

「ええ、そうよ。ジャックは本当に腕の良い魔道具師だったの」

エリオットが、そうですか、と考えるように黙り込む。

その顔が妙に綺麗に見えて、オリビアは首を捻《ひね》った。

（……やっぱり彼、いつもと違う気がするわ。服のせいもあるかもしれないけど、なんだかキラキラしている）

そして、ふと思った。この人の目って本当は何色なのかしら、と。いつも色眼鏡をかけているため、目元をちゃんと見たことがない。

——と、そのとき、車両内に「まもなく、次の停車駅に到着します」というアナウンスが響いた。驚いて時計を見ると、出発からすでに一時間が経過している。

「驚いたわ、時間が経つのが早いわね」

「私も驚きました」

二人は、せっかくだからと次の駅で下車すると、売店で名物のケーキと紅茶を買った。

車両に戻ると、「もう難しいことを考えるのはやめて、到着までのんびり過ごしましょ

う」ということになり、晴れてきた空と初夏の風景をながめつつ、お茶を飲みながらケーキを食べる。そして、

「ねえ。エリオット。ちょっと眼鏡取ってみて」

「何ですか。急に。ダメです。恥ずかしいです」

という会話を交わしたり、カードゲームをしたりと、楽しく時間を過ごすこと、しばし。

「──オリビア。そろそろ到着しますよ」

オリビアが、いつの間にか隣に座っていたエリオットの肩から顔を上げると。窓の外には、オレンジ色の夕日に照らされたダレガスの街が広がっていた。

第五章　故郷と現実

「ふああ。よく寝たわ」

ダレガスに到着した、翌日の朝。

街の中心から少し外れたところにある、緑の木々に囲まれた白壁のホテルの二階の部屋にて。オリビアはベッドから起き上がって伸びをしていた。

彼女の青い目に映るのは、十分な広さがある上品な部屋と、ベージュのカーテンの隙間から差し込む朝の光に照らされた、壁にかかっているドレスや洋服たちだ。

ベッドから立ち上がってカーテンを開けると、新緑の木々が風にそよいでいるのが見える。

朝の爽やかな青空を見上げながら、彼女はつぶやいた。

「……いいホテルね。こんなホテルがあるなんて知らなかったわ」

◇

前日の夕方、ダレガスの駅から出てすぐ。オリビアはエリオットと共に馬車に乗った。

向かう先は、彼が事前に予約してくれたという、中心から少し離れた場所にあるホテルだ。

チェックインを済ませると、彼女は、ホッと胸を撫で下ろした。

(良かったわ。誰も知っている人に会わなかった)

悪いことをした訳ではないから、堂々としていればいいのだが、悪い噂が立ったかもしれないと思うと、どうも居心地が悪い。知っている人に会って色々と聞かれるのも億劫《おっくう》だ。

(できれば今日はもう外に出たくないんだけど、夕食もあるし難しいわよね。エリオットも街を散歩するくらいはしたいだろうし)

知り合いに会わなくて済む場所はないかしら、と頭を悩ませる。

そんなオリビアの表情から何か察したのか、エリオットが「今日はホテル内の食堂で食べましょう」と提案してくれた。

夕食後は「今日は疲れましたし、部屋に戻って早く寝ましょう」と言ってくれる。

お陰で、外に出ることもなく、平和に就寝し、朝までぐっすり眠れた。という次第だ。

◇

オリビアは、部屋についている洗面台で顔を洗うと、着替えを始めた。

淡い水色のふんわりとしたワンピースを着て、髪の毛に花飾りの付いた青い髪留めをつける。

そして、化粧をしようと化粧台のある窓際に移動して、ふと窓の外を見た彼女は、思わず目を見開いて二度見した。

（……あれって、もしかして、エリオット？）

彼女の視線の先にいるのは、グレーのスーツを着た長身の青年だ。

ホテルから少し離れた大きめの木の下で、見たことのない大柄な男性と、熱心に何か話している。

オリビアは首をかしげた。

（……知り合い、かしら）

エリオットの所属するディックス商会はとても大きい。もしかするとダレガスにも支店があるのかもしれない。

こっそり見ているのも悪い気がして、オリビアは窓から目をそらした。鏡に向かうと、おしろいを塗ったり眉を描いたりと、化粧に専念する。

そして、一階にあるカフェ風のお洒落な食堂に下りていくと、そこには既にエリオットが座って待っていた。

「おはようございます、オリビア」

「おはよう。エリオット。待っていてくれたの？」

「いえ。わたしも今来たところです。体調はどうですか？」

「お陰様でとても良いわ」

オリビアは彼の正面の席に座った。さっき見たことを聞いてみようかなと思うが、なんとなく聞かない方がいい気がして、口を閉じる。

そして、何気なく正面から彼を見て、目をぱちくりさせた。

（……え？）

そこにいるのは、いつもと変わらぬ爽やかな笑みを浮かべる、緑の色眼鏡をかけたエリオットだ。

でも、何かが違うように見える。

（……何かしら、王都にいるときより、格好よくなっている……？）

ジッと見つめていると、彼と目が合った。

「どうしました？」

「あ、ううん。なんでもないわ」

なんとなく恥ずかしくなって慌てて目をそらすオリビアの前に、朝食が運ばれてくる。

今朝のメニューは、湯気の立つ野菜スープとオムレツ、焼きたてのトーストに、とろりとしたバターだ。

「まあ！　なんて理想的な朝食なのかしら」

目を輝かせる彼女を、エリオットが楽しそうに見つめる。

二人は「いただきます」と朝食を食べ始めた。

「うん、美味しい！」

スープには、野菜と大きめに切ったベーコンがたくさん入っており、双方の風味が混ざり合って何とも言えない美味しさだ。綺麗な黄色のオムレツの中身はチーズで、そのとろりとした食感とケチャップの塩気のハーモニーがたまらない。トーストも、外はサクッと中はふんわりという良い塩梅に焼けており、バターとの相性抜群だ。

（なんて美味しいのかしら）

幸せな気持ちで朝食を堪能するオリビア。パンを二回ほどおかわりする。

そして朝食を食べ終わり、食後の紅茶が運ばれてきたところで、エリオットが口を開いた。

「今日、どうしますか？　何かしたいことはありますか？」

そうね。と、オリビアはカップをソーサーの上に置くと、真面目な顔をエリオットに向けた。

「行きたい場所が二つあるわ」

「どこですか？」

「一つ目は両親のお墓よ」

もう二年も会いに行っていないから、きっと心配しているだろう。花を供えて、王都で幸せに暮らしていると報告したい。

「二つ目は、お父様の店。どうなっているか見たくて」

きっと店も様変わりしているのだろうと思う。でも、義父の話し合いに備えて、行って確認しなければならない。

なるほど。と、エリオットがうなずいた。

「では、後でホテルに馬車の手配を頼みましょう。私も一緒に行ってもいいですか？」

「ええ、もちろんよ」

オリビアは、感謝の目で彼を見た。

「改めてお礼を言わせて。本当にありがとう。もしもエリオットが一緒に来てくれていなかったら、わたし、どうしていいか分からなかったと思うわ」

結婚式に参加することが決まってからずっと、彼はオリビアを支えてきてくれた。鉄道馬車の中でも気遣ってくれたし、着いてからもずっと寄り添い支えてくれた。感謝してもしきれない。

頭を下げるオリビアに、エリオットが何でもないことのように言った。

「気になさらないで下さい。私がやりたくてやっているのですから」

「そんなわけにもいかないわ。帰ったら何かお礼をさせて」

真面目な顔をする彼女に、エリオットが微笑んだ。

「ありがとうございます。では、何か考えておきます」

「ええ、そうしてもらえると嬉しいわ」

その後、二人は和やかに会話をしながら朝食を食べ終わると、出掛ける準備をするために部屋に戻った。

◇

一旦部屋に戻ったオリビアは、出掛ける準備を始めた。

化粧を軽く直し、財布とハンカチ、いつも持ち歩いている身を護《まも》る魔道具の入った鞄《かばん》を持つと、下に下りる。

フロントでは、エリオットがスタッフと話をしていた。

どうやら馬車の手配をしてもらったついでに、飲み物を用意してもらったらしい。

「行きましょう」

彼女は、エリオットと共に、ホテルの前に来た馬車に乗り込んだ。

途中で白い百合《ゆり》の花束を買い、街から少し離れた小高い丘の上にある、木々に囲まれた墓地に向かう。

そして、馬車から降りると、白い雲が浮かぶ青空の下、新緑が美しい大きな木の下にある父母の墓にひざまずいて、花を供えた。爽やかな風に吹かれながら、懐かしそうに話しかける。

「お父さん、お母さん、長い間来られなくてごめんなさい。わたしは元気にしていたわ」

目を潤ませながら、この二年間のことや、王都に店を持ったことなどを報告する。

その後ろ姿を、少し離れた場所に立つエリオットが静かに見守る。

そして、報告が終わり、「また来るわね」と別れを告げると、二人は再び馬車に乗り込んだ。

馬車が走り始めて、しばらくしてから、エリオットが口を開いた。

「オリビアのお父様は、古い家柄なのですか？」

「え？　どうして？」

「墓石に、ラルフ・Ａ・カーターと書いてあったので、てっきりそうかと。Ａはミドルネームですよね？」

オリビアが、くすりと笑った。

「父は変わった人でね、遺言で墓石には母が呼んでいた『ラルフ』という愛称を刻んでほしいと頼まれたの。Ａは本名の方ね」

「なるほど。とても仲の良いご夫婦だったのですね」

「ええ。娘の私でも時々見ていて恥ずかしくなることがあったわ」

懐かしそうに父母の昔話をするオリビアと、微笑みながらその話を聞くエリオット。二人を乗せた馬車が、街の中へと入っていく。

そして、街の中心を抜けたあたりで、オリビアは窓の外を見て、大きく息を吐いた。

(さあ、いよいよ次は店ね)

緊張した面持ちのオリビアに、エリオットが尋ねた。

「どんな店なのですか?」

「ただの小さな魔道具店よ。ランプと魔石宝飾品が専門でね、店にはランプがいっぱい掛かっていたわ。あとは、緑が大好きな父母が鉢植えをいっぱい置いていて……」

話しながら、オリビアは思った。少し怖いけど、早くこの目で見たいわ、と。


しかし、この一〇分後。

オリビアの目の前には信じられない光景が広がっていた。

「な、なにこれ……」

それは、昔の姿からは想像もできないほど、寂れた店だった。

花と緑がいっぱいだった店の前の花壇は、荒れ果てて雑草だらけ。ピカピカだった窓ガラスは見るからに曇っており、全く掃除されていないのが見て取れる。

錆《さ》び付いたように閉め切られている窓にかかっている、色あせたカーテンの隙間から見えるのは、物が散乱した床や棚で、外から見ても分かるほど埃《ほこり》が積もっている。緑と光で溢《あふ》れていた店は、もうどこにもない。

「どうして、どうしてこんなことに……」

立ち尽くすオリビアの肩を、険しい顔をしたエリオットが支えるように抱きかかえる。

彼は周囲を見回すと、通りを挟んで斜め向かいのパン屋に目をとめた。

「確か以前、良くしてくれたパン屋さんがいたと言っていましたね。事情をご存じなのではないですか」

「……そうね。聞いてみるわ」

オリビアは、我に返ると、パン屋に向かってフラフラと歩き出した。

きっと変わってしまっているのだろうと覚悟はしていた。ランプとメンテナンス以外はやめてしまったかもしれない、とも考えた。

（でも、まさか店がこんなことになっているなんて……）

これは明らかに異常事態だ。一体何があったのか。

エリオットが開けてくれたパン屋のドアをくぐって中に入ると、懐かしい顔が見えた。

「いらっしゃい。クリームベーグルが焼きたてだよ」

赤い三角巾を頭に巻いた、人が好《よ》さそうなおかみさんが、愛想よく二人に声を掛ける。

そして、オリビアをしばらくジッと見たあと、驚いたような顔でカウンターから駆け出てきた。

「あんた、オリビアちゃんじゃないか！　どうしてたんだい！　心配していたんだよ！」

「おばちゃん！」

オリビアが涙目でおかみさんに抱きつく。

おかみさんは、よしよし、と、オリビアの頭を撫でた。

「無事で良かったよ。みんな心配してたんだよ」

「……ごめんなさい」

「いいんだよ。こうやって無事戻ってきたんだからね。ほら。これで涙を拭きな。せっかく綺麗にしてるのに、泣いたら台無しだよ」

手渡されたハンカチを受け取って涙を拭くオリビアに代わり、エリオットが尋ねた。

「カーター魔道具店で、一体何があったんですか？」

おかみさんがため息をついた。

「見たまんまだよ。まともに営業していたのは、オリビアちゃんがいなくなってから半年から一年くらいかね」

おかみさん曰く、働いていた二人の従業員がいなくなってから、店が閉まっている日が増えていったらしい。

「新しい魔道具師が来ては辞め、来ては辞め、って感じでね。ここ数か月はずっと閉まったままさ。オリビアちゃんを訪ねてくるお客さんもいたんだけど、あの感じだから、みんな諦めて帰っていった感じだね」

そうですか。と、エリオットが目を伏せる。

オリビアは苦しくなって胸を押さえた。変わっていることを覚悟していたとはいえ、これは予想外すぎる。

おばさんが気の毒そうな顔をすると、オリビアの背中を元気づけるように叩いた。

「さあさあ、久し振りに来たんだ。うちのパンを食べていっておくれ。あんたの好きな塩パンも焼きたてだよ。そこのカッコいいあんたもどうだい」

エリオットが微笑んだ。

「美味しそうですね。いただきます。オリビア、私が適当に選んでも構いませんか?」

オリビアが黙ってうなずく。

エリオットが、おかみさんの言葉に従って、クリームベーグルや塩パン、ストロベリーデニッシュ、アップルパイなど、オリビアの好物を買う。そして、二人はお礼を言うと、また来ますと言って店を出た。

フラフラと歩くオリビアを支えて歩きながら、エリオットが口を開いた。

「どこかで少し話をしていきませんか。ホテルが用意してくれた紅茶もありますし、軽く昼食にしましょう」

「……そうね。そうしましょうか。街外れに庭園があるから、そこに行きましょう」

オリビアが、なんとか答える。あまりの事態に、心が整理しきれない。

そして、馬車に乗って、揺られること数十分。

二人は、少し高台にある、美しい緑が生い茂る大きな庭園の前に到着した。レンガ造りの門の向こうには、花々が美しく咲き乱れているのが見える。

エリオットが驚いた声を出した。

「これはまた、ずいぶんと大きな庭園ですね」

「ええ。なんでも昔、ここに外国の偉い人が来たらしいわ。一般公開しているのは領主と偉い人のつながりを誇示するためなんですって」

身も蓋もない説明に、エリオットが、なるほど、と苦笑する。

馬車に待っていてくれるように頼むと、二人は、食べ物の入ったカゴを持って庭園の中に足を踏み入れた。美しく咲いている花をながめながら、庭園の奥へと入っていく。

そして、少し高い場所にある東屋《あずまや》の中に入り、エリオットが思わずといった風に声を上げた。

「いいながめですね。街が一望できるのですね」

「ええ。この街で一番ながめのいい場所よ」

雲の多い青空の下に広がる、ダレガスの街をながめながら、オリビアは目を細めた。両親と一緒に遊びに来た記憶が蘇り、心が少し穏やかになる。

二人は東屋の中にあるベンチに並んで腰かけると、景色をながめながら買ったパンを食べ始めた。

「やっぱり、おばさんのパンはおいしいわ。よく差し入れしてもらったの」

「私はこのデニッシュが気に入りました」

「今日はなかったけど、焼き菓子も種類があって美味しいのよ」

そしてパンを食べ終わり。ホテルから持ってきたビンに入った紅茶を飲みながら、オリビアは小さくつぶやいた。

「……わたし、わかっていたの。きっとうまくいかなくなるだろうなって」

「それは、なぜですか？」

「わたしが描いたデザインは、どれも当時の流行のものだったの。流行は半年も経てば変わるし、一年経てば全然違うものになることだってあるわ」

オリビアは予想していた。盗まれたデザイン帳がそのまま通用するのは、長くても一年くらいだろう、と。あとはアレンジを加えなければ、流行遅れになる。

「でも、魔道具店には既存の仕事がたくさんあったの。ずっとうちのランプを使ってくれている所もたくさんあったし、そのメンテナンスも多かった。それに、義父が持ってくる貴族向けの仕事もある。形は変わっても、店は続いていくんだろうって思ってたの」

顧客のついた魔道具店の経営は安定している。だから、魔石宝飾品がなくなっても、店は普通に続いていくものだと思っていた。

「それなのに、まさかあんなことになるなんて……」

オリビアは肩を落とした。

もっと自分が我慢して頑張っていれば、あんな寂れたひどい状態にはならなかったんじゃないかと、自責の念に囚《とら》われる。

エリオットが彼女の肩をそっと抱き寄せた。

「オリビアは十分頑張りましたよ。普通は追い出される前に辞めています」

「……でも、あんなことになってしまったわ」

オリビアがうつむいて両手で顔を覆った。肩が小刻みに震える。

その様子を、エリオットがやるせなさそうな目で見る。そして、軽く息を吐くと、低い声でつぶやいた。

「……今すぐ取り戻しますか？」

「……え？」

意外な言葉に、オリビアは思わず顔を上げた。

「できますよ。あなたが望めば」

エリオットが見たことがないような鋭い顔をする。

彼女は目を伏せた。

取り戻したいかと問われれば、取り戻したい。今すぐにでも店に飛んでいって、ピカピカに磨き上げたい。

エリオットのいるディックス商会は大商会だ。きっと簡単に取り戻すことができるのだろう。

(……でも、これは、わたしが決着をつけなきゃいけないことだわ)

二年半前。訳がわからないまま店を奪われ、なすすべなく、ただ呆然と流されるだけだった。でも、今ならできることがある。

彼女は軽く息を吐くと、感謝の目でエリオットを見上げた。

「ありがとう。エリオット。嬉しいわ」

でもね、とオリビアは微笑んだ。

「わたし、がんばってみたいの。当時は何もわからずやられっぱなしだったけど、今ならきっとできることがあると思うの」

エリオットが表情を緩めた。

「……そうですね。あなたはそういう人でしたね」

でも、無理しないでちゃんと相談してくださいね。と、エリオットが、自身に軽く寄りかかるオリビアの頭を優しく撫でる。

そして、しばらくして。

オリビアの青い瞳が彼を見上げた。

「……エリオット。眼鏡、外してくれる？」

考えて出たと言うよりは、自然に出た言葉だ。

突然のオリビアの願いに、エリオットが戸惑ったような表情を浮かべる。

そして、一瞬躊躇《ためら》うような表情をしたあと、片手でゆっくりと眼鏡を外した。

「……っ」

そこにあったのは、アメジストのように透き通った瞳だった。眼鏡で隠れているときは分からなかったその力強さと美しさに、思わず赤くなって目をそらすオリビア。

そんな彼女の肩を、エリオットが、そっと引き寄せた。

「エ、エリオット？」

「……」

何も言わず、エリオットが引き寄せた腕に力をこめる。

（……不思議ね。安心する）

オリビアの体の力が自然に抜けていく。

二人はそのまましばらく美しい風景をながめたあと、ゆっくりと馬車へと戻っていった。

閑話② パン屋のおかみさん

その日の昼前、パン屋のおかみさんは、やれやれと肩を回していた。

（ようやくひと段落したね）

朝の忙しい時間帯が終わり、ホッと息をつく。そして、何気なく窓の外を見て、彼女はため息をついた。

（……今日も誰か来ているね）

窓の外に見えるのは、道を挟んで斜め向かいに建っているカーター魔道具店と、その前に立っている男女だ。二人とも垢《あか》抜けた身なりをしているところを見ると、都会から来たのかもしれない。

おかみさんは、再びため息をつくと、トングでパンを並べ直し始めた。

最近カーター魔道具店に来る客が妙に多い。そうした客が次に取る行動は、開いているこの店に来て、魔道具店がどうしたのか尋ねることだ。

（あの二人もきっと来るだろうね）

そんなことを考えながら、パンを並べ直していると、案の定、店のドアが開いて男女が入ってきた。

「いらっしゃい。クリームベーグルが焼きたてだよ」

そう愛想よく声を掛けながら、おかみさんは先に入ってきた青年の方を見た。

（おやま、ずいぶんとカッコいい兄ちゃんだね）

薄グレーのジャケットと帽子の白っぽい金髪の青年で、色眼鏡をかけていても、その顔の端整さがわかる。雰囲気や仕草が上品なので、もしかすると貴族かもしれない。

青年が気遣うように振り返る先には、紺色の髪の毛をした若い女性がおり、このへんでは滅多に見られないような洒落た服装をしている。

その女性の顔を見て、おかみさんは思わず息を呑《の》んだ。

「あんた、オリビアちゃんじゃないか！　どうしてたんだい！　心配していたんだよ！」

思わず駆け寄ると、オリビアが涙目で抱きついてきた。

「おばちゃん！」

おかみさんは夢中で彼女を抱きしめた。久々の再会に目が潤む一方で、この様子だと、カーター魔道具店のひどい状況を知らなかったのだろうと、胸を痛める。

その後、男性に尋ねられるまま、おかみさんは魔道具店の状況を話した。

「見たまんまだよ。まともに営業していたのは、オリビアちゃんがいなくなってから半年から一年くらいかね」

話を聞いて、オリビアがどんどん色を失っていく。

急にいなくなった理由や、この二年間についてなど、色々聞きたいと思ったものの、おかみさんは口を閉じた。そんなことより、オリビアを元気づけることの方がずっと大切だ。

彼女は元気を出せとオリビアの背中を叩いた。

「さあさあ、久し振りに来たんだ。うちのパンを食べていっておくれ。あんたの好きな塩パンも焼きたてだよ。そこのカッコいいあんたもどうだい」

青年が微笑んだ。

「美味しそうですね。いただきます」

そして、彼はパンを選びながら、おかみさんに小声で尋ねた。

「……彼女の義父が経営していると聞きましたが、その方はどうしたのですか」

「全然来ていないね。見たのは半年以上前だ」

「彼女の義妹は、どうされたのですか」

「ああ、あの性格の悪そうな子かい。あの子は時々来ていたけど、ここ最近はとんと見ていないね。最後に話したときは、結婚準備が忙しいから、店が開けれなくなった、とか言っていたよ」

そうですか。と、青年が感情を隠すように目を細める。

おかみさんは、改めて彼を見た。口角を上げて読ませない表情を浮かべてはいるものの、オリビアのことが心配で仕方ない様子だ。気遣う様子や掛ける言葉から、彼がオリビアを大切にしていることが見て取れる。

（どうやら、この兄ちゃんは、領主の馬鹿息子とは違うみたいだね）

もともと、おかみさんはヘンリーのことが嫌いだった。貴族であることを笠《かさ》に着て偉そうな態度を取るからだ。オリビアと婚約したと聞いたときも、内心とても心配した。領主様の息子との婚約だ。断ることが難しかったのだろうが、大丈夫なのだろうか、と。

（まあ、案の定だったわけだけどね）

オリビアの父母の死後、ヘンリーの態度はひどいものだった。悲嘆に暮れるオリビアを放置して突き放した。挙句の果てに、義妹と浮気して、明らかな冤罪でオリビアを断罪して、婚約破棄をした。男としても人間としても最低だ。

（……でも、この兄ちゃんは違うようだね。礼儀正しいし、何よりオリビアちゃんのことを大切にしている）

おかみさんは、パンを勧めるフリをしながら尋ねた。

「一つ聞いていいかい」

「何でしょう」

「あんたのこと、信用していいのかい？」

あの子はいい子だ。信用できる男じゃないと相手は務まらないよ。と凄《すご》むと、青年が、ふっと笑った。

「大丈夫です。信用してください」

「本当かい？」

はい。と真剣にうなずく青年を見て、おかみさんは心底ホッとした。この青年は、あの馬鹿息子なんかよりもずっと誠実だ。

「そうかい、じゃあ、オリビアちゃんのこと、頼んだよ」

「もちろんです。お任せください」

その後、青年はおかみさんの言葉に従ってオリビアの好物を買い、お礼を言って店を出た。ショックのあまりフラフラしているオリビアを優しく抱えると、少し離れたところに置いてある馬車に向かってゆっくりと歩いていく。

その様子を見ながら、おかみさんは、ほう、と息を吐いた。あの青年が傍にいてくれるなら、きっと大丈夫だろう。

「……それにしても、最近、あの店のことをよく聞かれるねえ」

つい数日前も、見知らぬ身なりの良い男性から尋ねられたし、その少し前にも、領主の使いとかいう人相の悪い男に尋ねられた。ここ三か月で、五回くらい聞かれている気がする。

「……何もなきゃいいけどね」

彼女はそうつぶやくと、新しいパンを取りに店の奥へと入っていった。

第六章 結婚式

いざ結婚式へ

（これでいいわね）

結婚式当日、雲の多い青空が広がる、やや涼しい初夏の朝。

化粧を終えたオリビアが、ホテルの部屋の姿見の前に立っていた。

艶のある青みがかったグレージュのドレスに、銀色の靴。結婚式の証人ということで華美ではないものの、流行の最先端のドレスだ。

髪の毛は、ホテルが頼んでくれた腕の良い美容師が、技術を駆使して短い髪の毛を可愛らしく結い上げてくれた。

本来ならば、魔石宝飾品にもこだわりたいところなのだが、マナー的に、証人が着けて良いアクセサリーはシンプルなものだけで、数を着けるのはタブーとされている。

ここについては、エリオットとニッカの勧めで、解毒作用と睡眠防止の作用を付与した

シンプルなネックレスとピアスを選んでいる。

その他、念のためということで、攻撃から身を守る魔道具をハンドバッグの中に仕込んだ。ピアスを着けながら、オリビアは苦笑いした。解毒作用と睡眠防止に、攻撃を防ぐ魔道具なんて、まるで敵地にでも行くような様相だ。

（……まあ、あながち間違っていないかもしれないけど）

元婚約者が結婚の証人を務めるなんて聞いたことがない。直接何かあるということはないだろうが、きっと奇異の目で見られるだろう。

（気が重いわね……）

オリビアは、鏡の中の少し不安げな自分を見つめた。

この結婚式が終われば、義父との店についての話し合いが待っている。自分にとってはそちらが本番なのだから、式について深刻に考えるのはやめよう。

（数時間の我慢よ。エリオットもいてくれるし、大丈夫）

そう自分に言い聞かせていた、そのとき。

コンコンコン、とノックの音が部屋に響いた。続いて、「準備は大丈夫ですか」という聞きなれた声が聞こえてくる。

（エリオットだわ）

オリビアは立ち上がった。「今開けるわ」と、ドアに手を掛ける。そして、そこに立っていた人物を見て、口をポカンと開けた。

（……え？　誰？）

そこには光沢のある紺色のスーツを着たエリオットが立っていた。綺麗に整えられたプラチナブロンドの髪に、銀縁メガネの下の理知的な紫色の瞳。口元には柔らかい笑みを浮かべている。

オリビアに穴が空くほど見つめられ、彼はバツが悪そうに顔を背けた。

「そんなに見ないでくれませんか。さすがに照れます」

その上品で色気のある仕草に、オリビアは照れるのも忘れて驚愕《きょうがく》の表情を浮かべた。

（……なんて素敵なのかしら。まるで良いところ出の貴公子みたい）

驚きすぎて目が離せないでいるオリビアに、エリオットが「反応が逆のような気がするのですが」と、困ったような顔をする。「さあ、馬車が待っていますよ」と、促し、出かける準備をさせる。

そして、ホテルを出て馬車に乗り込んで向かい合って座り、出発してしばらくして。

エリオットが口を開いた。

「……少し落ち着きましたか」

ええ。なんとか。と、オリビアが答える。そして、昨日も気になったことを尋ねた。

「エリオットは、どうしていつも色眼鏡をかけているの？」

「……商人にとって、色眼鏡は一般的だと思うのですが」

「ええ。そうだと思うわ。でも、目が見えたほうが絶対にモテるわよ」

色眼鏡も似合っているが、目が見えたほうが絶対にかっこいい。

エリオットが苦笑いした。

「今さらモテても仕方ありません」

そして、彼はオリビアを見て、紫色の瞳を細めた。

「オリビア。さっきは言いそびれましたが、とても綺麗です。ドレスも何もかも、よく似合っています」

あ、ありがとう。と言いながら、彼女は耳を赤くして横を向いた。

「す、素敵なドレスよね。サリーとお店の人が選んでくれたの」

着慣れないドレスを着ているせいもあってか、なんだか妙に恥ずかしい。

そして、なんとか落ち着こうと、深呼吸していると、エリオットが改まったように口を開いた。

「今日の結婚式についてですが」

大切な話の予感がして、「ええ」と、オリビアが座り直す。

「人をたくさん招待しているでしょうし、領主の息子の結婚式です。普通に考えれば、何事もなく終わるとは思っています」

そうね、とオリビアが同意した。

「わたしもそう思うわ。義家族から嫌味を言われるとか、そういうちょっとしたことはあるかもしれないけど、大きな騒ぎにはならないと思っているわ」

何かあるとすれば、きっと結婚式のあとの話し合いのときだろう。昨日見た店の状況など、尋ねなければならないことが、たくさんある。

エリオットが真面目な顔で口を開いた。

「普通の人間であれば、結婚式で騒ぎを起こそうなどとは考えませんし、常識的に考えれば、何も起きないとは思います。……ただ、万が一、ということもあります」

「万が一？」

「ええ、世の中、色々な方がいますし、予想がつかないことが起こる場合もあります。そのときは――」

エリオットが真剣な顔でオリビアの目を見た。

「私を信じてもらえますか？」

オリビアが目をぱちくりさせた。

「わたし、エリオットのこと、信じているわよ？」

彼がふっと笑った。

「そうですか。それなら大丈夫ですね」

オリビアは首をかしげた。何を言っているのかよくわからない。

そして、意味を聞こうと口をひらきかけた、その瞬間。

ヒヒーン、と馬が軽く嘶いて、馬車が減速を始めた。

窓から外をのぞくと、立派な邸宅とたくさんの着飾った人々が見える。

(着いたわね)

緊張の色を浮かべるオリビアを見て、エリオットが座席に置いてあった小さな箱を手に取った。

「これをどうぞ」

箱を受け取って開いて見ると、そこには胸元に着ける美しい花のコサージュが入っていた。

「……これは?」

「お守りのようなものです。パートナーなのに、何もないのは寂しいかなと思いまして。サリーに尋ねたところ、コサージュだったら着けても差し支えないと言われたので」

何でもないことのようにさらりと言われ、オリビアはコサージュを見つめた。センスがとても良いし、まるで生花のように見えるほどの見事さで、明らかに高価そうだ。

こんなものをもらっていいのかと心配になるが、ここは遠慮すべきところではない気がする。

「ありがとう、とても素敵ね」

いずれお返しをしようと思いながら、素直にお礼を言って胸元に着けると、エリオットが嬉しそうに目を細めた。

「喜んでいただけて良かったです。さあ。行きましょう」

エリオットの手を借りて馬車を降りると、そこは歴史を感じる白い石造りの立派な屋敷——ベルゴール子爵邸の入り口前の広いエントランスだった。

複数の馬車から人が乗り降りしており、あちこちで着飾った人々が楽しそうにおしゃべりしている。

(やっぱり知っている顔もかなりいるわね)

エリオットの陰に隠れるように立っていると、出席者一覧と思われる紙を持った、使用人の制服を着た青年が近づいてきた。

(見覚えがあるわ。多分会ったことがあるわね)

青年は一礼すると、丁寧に尋ねてきた。

「失礼します。お名前を宜《よろ》しいでしょうか」

「はい。オリビア・カーターです」

「……っ！」

青年が、ポカンとした顔で彼女の顔を見る。

エリオットが冷たく微笑んだ。

「君。いくら彼女が美しいからといって、レディを凝視するのはマナー違反では？」

「……っ！　失礼しました。以前お会いしたときと雰囲気が違っていて、つい……」

申し訳ありません。と、青年が焦ったようにぺこぺこと頭を下げる。

そして、息を吸い込むと、大声を張り上げた。

「オリビア・カーター様、ご来場です！」

エントランスが、ざわめいた。

『オリビア・カーターですって』

『たしか、義妹をいじめて婚約破棄されたんだろ？』

『デザインを盗んだとも聞いたわ』

『よく来られたものね』

客たちが、ひそひそと話をしながら、振り向く。そして、立っている二人を見ると、呆気にとられたように口を開けた。

『え？　あれがオリビア？』

『ずいぶんと垢抜けたな……』

『隣の男性、なんて格好いいのかしら！』

エリオットが、オリビアを隠すように前に立つと、ヒソヒソ話す人々に向かって微笑んだ。

『……っ！』

その優美な微笑に、女性たちから、キャー、という黄色い声が上がる。

注目の中、彼はまるで物語に出てくる王子様のように、優雅にオリビアに手を差し出した。

「さあ。行きましょう」

「は、はい」

エリオットの温かい手にエスコートされながら、オリビアはゆっくり建物内に入った。

美術品が並ぶ赤絨毯《じゅうたん》の廊下を歩きながら、よそ行きの笑みを浮かべる彼に小声で囁《ささや》く。

「びっくりしたわ。エリオットってすごいのね」

「私は特に何もしていませんよ」

さらりと言う彼に、彼女は心の底から感謝した。オリビアに注目がいかないように、あんなことをしてくれたのだろう。

二人は廊下を通り抜けると、花やリボンで飾られた天井の高い大きな広間に入った。既にかなりの人数がおり、楽しそうに歓談している。

オリビアを見て、緑色のドレスを着た若い女性が駆け寄ってきた。

「オリビア！　良かった！　無事だったのね！」

女性の名前は、ミラ。遠方に住む母方の従妹《いとこ》で、王都に行ったオリビアが唯一連絡を取った親族だ。

「ごめんね。心配かけて。お子さんは？」

「オリビアが呼ばれるって聞いて、行かなきゃって思って、お母さんに預けてきたの」

そして、隣に目を移したミラは驚いたような顔をしたあと、エリオットに向かって丁寧にお辞儀をした。

「初めまして。ミラですわ。こちらが夫のジャン・バートンです」

「お初にお目にかかります。ディックス商会のエリオットです」

ジャンが笑顔で手を差し出した。

「これはこれは。ディックス商会の方ですか。いつも大変お世話になっています」

「こちらこそお世話になっております。バートンというと、南にある葡萄《ぶどう》の名産地を治めていらっしゃるバートン家で間違いないでしょうか」

「その通りです。さすがよくご存じでいらっしゃる」

エリオットが、笑顔でジャンと他数名の男性と世間話を始める。

ミラがオリビアを肘でつついた。

「なによ。素敵な男性と一緒じゃない。びっくりしちゃったわ」

「王都で知り合ったの」

「さすがは王都ね。あんな素敵な男性、なかなか見ないわ」

その後、社交的なミラを交えて、オリビアは若い女性たちと会話をした。話題は、王都で流行っている食べ物や劇などについてだ。

女性の一人が、憧れの眼差しでオリビアを見た。

「さすがは王都に住んでいらっしゃるだけありますわ。とてもお詳しいですわ」

「ええ。聞いているだけで楽しくなりますわ」

「お化粧もドレスも最新流行のものですわね。本当に素敵ですわ」

オリビアは、ホッと胸を撫で下した。ここ二か月の特訓の成果が出たらしい。改めて友人たちに感謝する。

そこへ、ミラの父であり、オリビアの母の兄でもある厳格そうな初老の男性――伯父《おじ》が近づいてきた。

「オリビア。元気そうだな」

「はい。伯父様。お久し振りです」

丁寧にお辞儀をするオリビアを、伯父がマジマジと見た。

「ミラから連絡を貰《もら》った時は心配したが、どうやらその必要はなかったようだな」

そして、男性の中で談笑しているエリオットを親指で指した。

「あれはいい男だ。見識も広いし、知識も豊富だ。あっという間にうるさい老人たちを虜《とりこ》にしてしまった」

「まあ、お父様が男性を褒めるだなんて珍しいわね」

ミラがからかうように言うと、伯父が顔を緩めた。

「なあに。本当のことだ。あのヘンリーとやらとは比べものにならない。――良かったな。オリビア」

その通りだけど、はっきり言うわね。と、オリビアが苦笑いする。

チラリとエリオットを見ると、目が合って微笑みかけられ、思わず目をそらす。

エリオットは、しばらく積極的に年配の男性たちと談笑したあと、その輪から離れて、オリビアに近づいてきた。彼女の横に立つと、耳元で囁く。

「どうですか?」

「ええ。なんとかなっているわ。エリオットは何を話していたの?」

「今王都で話題になっている、空飛ぶ船の話です。皆さん興味があるようです」

「そうなのね。こっちはエリオットと一緒に見に行った劇の話をしたわ」

そうですか。と、彼が目を細める。

その優しい紫色の瞳を、青い瞳で見上げながら、オリビアの脳裏に今までのことが浮かんできた。

ダレガス駅で会って、初対面のエリオットにマダムに間違えられ、「わたし、マダムじゃありません！」と大声を出してしまったこと。

初めての王都で戸惑っていたところを、声を掛けてもらって案内してもらったこと。

道に迷っていたところを助けてもらって、お茶をしたこと。

店を持つか迷っていたときに、背中を押してもらったこと。

仕事で迷ったとき、いつもさりげなく助けてくれたり、力づけてくれていたこと。

窮地に陥ったオリビアを助けるために、今日ここに来てくれたこと。


（わたし、ずっとこの人に助けてもらってきたんだわ）

エリオットの優しい目を見上げながら、オリビアは思った。もしかして自分は、もうこの人のことが好きかもしれないわ、と。

――と、そのとき。

「まあ、お義姉様！　よく来てくださいましたわ！」

会場に、聞き覚えがある甲高い声が響き渡った。

（……っ！　きた！）

オリビアが振り返ると、そこには顔を引き攣《つ》らせたカトリーヌと、驚きの表情を浮かべたヘンリーが立っていた。

義妹カトリーヌ

「……何よ、あれ」

カトリーヌは思わず目を見張った。

視線の先にいるのは、義姉であるオリビアだ。

二年前に見た、流行遅れの地味な服を着た疲れた女から一転し、最新流行の高級品に身を包んだ垢抜けた女になっている。

しかも、横にいるのは見たこともないほど上品で見目の良い、ヘンリーの数倍はいい男だ。

驚愕するカトリーヌの耳に、人々の囁きが聞こえてきた。

『オリビア様、本当に綺麗になったな』

『王都に住んでいらっしゃるんですって。流行にもお詳しいし、憧れるわ』

『あのエリオットっていう男は、若いのに大したものだ。勉強させられたよ』

『かっこいいわあ。王子様みたい。オリビア様が羨ましいわ』

聞こえてくるのは手放しの賞賛ばかりで、怒りで体が爆発しそうだ。

この一年、カトリーヌは何もかもうまくいっていなかった。

様子がおかしくなったのは一年半ほど前で、オリビアのデザインを元に作らせた魔石宝飾品が売れなくなってきたのだ。

以前なら見た瞬間に買っていった客も、首をかしげて何も買わずに帰ってしまう。

原因が分かったのは、その半年後に行われた、オリビアが毎年デザインしていた時計組合向けのデザインの打ち合わせのときだ。

盗んだデザイン帳から持ってきたデザインを見て、組合長が渋い顔をしたのだ。

「今の主流は丸型の時計です。四角い時計のデザインをされても困ります」

このとき、カトリーヌはようやく理解した。

オリビアのデザイン帳に書いてあるデザインは、もう時代遅れになりつつある、と。

このときは、一緒にいた父親の準男爵が「娘は体調が悪い」と、組合側で四角を丸にデザインし直す方向で何とか話をまとめたが、次からはもう通用しない。

人使いの荒い準男爵と、売れない宝飾品を作らされることに嫌気が差し、職人も次々と辞め、店を閉めざるを得なくなった。

カトリーヌがこのことを母親に相談すると、母親はこう提案した。

「オリビアを戻ってこさせればいいわ。言うことを聞かせる方法もあることだし、呼んでデザインを描かせるのよ」

「まあ、お母様。それは良い考えだわ。せっかくだから、結婚式に呼びましょう」

カトリーヌはほくそ笑んだ。

父親から王都にいるとは聞いているが、どうせあの冴《さ》えない容姿だ。恋人もいない侘《わび》しい生活をしているに違いない。結婚式に呼んで、せいぜい恥をかかせてやろう。自分の美しさや幸せを見せつけてやる。

「若く美しい妹に、冴えない年老いた姉。いい引き立て役になりそうね」

溜まったストレスも、ここで発散しようと考える。

しかし、実際蓋を開けてみたら、どうだ。

オリビアは見違えるほど美しくなっており、見たこともないほどいい男を連れている。ドレスも化粧も、全てが明らかに自分よりも上だ。

こんなこと許されるはずがない。

ミラと談笑するオリビアを、鬼のような形相で睨みつける。

「どうしたんだい？　カトリーヌ？」

そこへヘンリーが後ろから声を掛けてきた。

カトリーヌが、素早く笑顔を作って彼の方を振り向くと、そこには、驚愕の眼差しでオリビアを見つめるヘンリーの姿があった。その目に浮かぶのは、驚きと後悔の色。

（……っ！）

カトリーヌは殴られたような衝撃を受けた。

続いてやってくる、はらわたが煮えくり返るような殺意にも似た怒り。

彼女は口角を釣り上げると、にこやかに言った。

「お義姉様を見つけたの。挨拶に行ってもいいかしら」

「あ、ああ……」

オリビアから目を一時も離さず、ヘンリーがうなずく。

カトリーヌはオリビアの方向に歩きながらほの暗く笑った。

あんな女の幸せ、ぶち壊してやる。このパーティの主役は、私だ。

元婚約者と義妹

「まあ、お姉様！　よく来てくださいましたわ！」

(来たわね)

わざとらしい笑顔で近づいてくるカトリーヌを見て、オリビアは身を固くした。ロクなことを考えていないのが見て取れる。

横に立っているエリオットが囁いた。

「あれが義妹ですか？」

「ええ。そうよ」

そう言いながら、オリビアはカトリーヌを見た。

人目を惹《ひ》く美しいストロベリーブロンドの髪の毛を結い上げ、可愛い顔立ちが引き立つような化粧をしている。純白のドレスはとても美しく、銀色の細かい刺繍《ししゅう》があちこちに施してある。胸の大きさを強調するデザインで、見えている胸の谷間が艶《なま》めかしい色気を放っている。

（……相変わらず綺麗な子だわ）

彼女は男性の視線を意識しているような笑みを浮かべながら歩いてくると、オリビアに愛想よく挨拶した。

「お姉様、来てくださって嬉しいですわ」

そして、すぐにオリビアから視線を外すと、横に立っていたエリオットに、にっこりと微笑みながら、手を差し出した。

「ようこそおいでくださいました。カトリーヌです」

オリビアは、思わず顔を背けた。

婚約者だったヘンリーを紹介したとき、ヘンリーがカトリーヌに見とれるような顔をしたことを思い出し、苦い気持ちになる。

エリオットは、正面に立ったカトリーヌを見た。その緑色のあざとい瞳に浮かぶ打算と媚《こ》びの色を見て、冷たく口角を上げる。

そして、差し出された手を無視すると、形式的に微笑みながらお辞儀をした。

「お初にお目にかかります。エリオットと申します。この度はご結婚おめでとうございます」

カトリーヌが、さっと顔色を変える。

無礼ギリギリの対応に、オリビアは思わず目を見張った。さっきまでのエリオットとは、まるで別人だ。

彼は、カトリーヌから興味なさげに目をそらすと、オリビアに優しく囁いた。

「さっき聞いたのですが、ここは庭園が見事なようです。式が始まるまで、見せていただきませんか」

「え、ええ、そうね」

エリオットの意外な行動に驚きながら、オリビアがうなずく。

そして、早くこの場を立ち去ろうと、エスコートされながら庭園に出る窓の方に向かおうとした、そのとき。

顔を真っ赤にしたカトリーヌが、怒りで我を忘れたように叫んだ。

「お姉様！　謝ってください！」

響き渡るヒステリックな叫び声に、会場がシンと静まり返る。

「ちゃんと私に謝って、罪を償ってください！」

悲劇のヒロインのように叫ぶカトリーヌを見て、参加者たちが「面白いことが始まったぞ」とでも言いたげに色めき立つ。

オリビアは呆れ果てて、勝ち誇ったように口角を上げるカトリーヌを見た。

（……この子、自分が何をしているのか分かっているのかしら）

自分の結婚式を台無しにしている上に、主催者であるヘンリーの父であり領主であるベルゴール子爵の顔に泥を塗っている。これはとんでもない愚行だ。

さすがにマズイと思ったのか、義父が慌てて飛び出してきた。

「カ、カトリーヌ！　今日は祝いの席だ。家の中の話は後にしよう」

「そ、そうよ。落ち着きなさい」

義母も、青い顔をしながら説得する。

オリビアは、ホッと胸を撫で下ろした。

カトリーヌは大嫌いだが、この場は無関係な人がたくさんいる祝いの席だ。大騒ぎになるのはよろしくない。

しかし、事態はそう簡単には収まらない。

「いやよ！　今日の主役は私よ！」

そう叫ぶカトリーヌが、呆然と立ちつくしていたヘンリーに抱きついたのだ。

「ヘンリー様ぁ。お義姉様が謝らずに逃げようとするんですぅ。私、悲しくて……」

抱きつかれて、ヘンリーが我に返る。そして、カトリーヌの涙を見ると、意を決したように勇ましく叫んだ。

「ここはオリビアがカトリーヌに謝罪すべきだ！」

「ヘンリー様ぁ……」

カトリーヌが、目を潤ませながら、その腕に胸を押しつけるように腕を絡める。

（……この人たち、正気かしら）

オリビアは遠い目をした。

前々から、ヘンリーは馬鹿なところがあると思っていたが、ここまでだとは思わなかった。

エリオットも呆れた表情を浮かべている。

ヘンリーはカトリーヌを庇うように仁王立ちすると、オリビアに向かって声を荒らげた。

「オリビア！　カトリーヌに謝るんだ！」

エリオットが、オリビアを守るように一歩前に出ると、凍《い》てつくような視線をヘンリーに向ける。

そばに立っていた従妹のミラも、怒りの形相でヘンリーに食ってかかった。

「謝れって、一体オリビアが何をしたと言うんですか！」

「オ、オリビアは、カトリーヌのデザインを盗んで、自分の手柄にしていたんだ！」

エリオットとミラの迫力に押されて目を白黒させながらも、ヘンリーが必死に叫ぶ。

もうこうなったら仕方ない。と、オリビアが静かに口を開いた。

「ヘンリー様。以前、何度も申し上げましたが、デザインの盗作など身に覚えがございません」

「嘘《うそ》をつくな！」

「嘘ではありません」

オリビアは冷めた目をカトリーヌに向けた。

「あなたがデザインできるなら、なぜカーター魔道具店はあんなことになっているのかしら？　昨日見てきたけど、すっかり寂れているじゃない」

この言葉に、周囲でこの騒ぎを聞いていた客たちが、ひそひそ話を始めた。

『確かにカーター魔道具店はずっと閉まっていると聞いたな』

『私が注文したネックレスも、形が古すぎてあまり良くなかったのよね』

『私もですわ。以前よりデザインが落ちたと感じましたわ』

カトリーヌが目を泳がせながら必死に言い募った。

「そ、それは！　職人たちが辞めてしまって仕方なく……」

エリオットが冷たい声で言った。

「あなたはご存じないかもしれませんが、オリビアは王都に自分の店を持っているのですよ」

「……は？」

呆気にとられるカトリーヌに、エリオットが淡々と説明した。

「流行に敏感な女性たちが訪れる、王都でも有名な魔石宝飾品店です。店に置いているのは、もちろん全てオリビアがデザインしたものです」

「う、嘘よ！　お父様がゴードンとかいう魔道具店に勤めているって……」

ヒステリックに叫ぶカトリーヌに、エリオットが感情の読めない顔で微笑みかけた。

「それはずいぶんと古い情報ですね。それでは、あなたは彼女がデザイン賞で金賞を取ったのもご存じないのでは？」

「え？」

「オリビアは、昨年、デザイン賞の女性向け魔石宝飾品部門で『金賞』を取っています」

客たちが再びざわめきだした。

『デザイン賞で金賞って、超一流じゃないか！　本当なのか？』

懐疑的な声に、エリオットと話をしていた中年男性たちが口を開いた。

『さっき話をしたが、あの青年は信用できる。恐らく彼の言うことは本当だ』

『まあ、すごいじゃない！』

『ゴードンって、あの王都で一番大きい魔道具店よね？』

『オリビア様の店って、もしかしてオリビア魔石宝飾店？　すごい！　人気店よ！』

それらを聞いて、カトリーヌが一気に色を失う。

エリオットが肩をすくめた。

「お聞きの通りです。王都で店を持てるほどのオリビアが、なぜあなたのデザインを盗むような真似《まね》をしなければならないのでしょうね？　……逆なら分かりますが」

「し、知らないわよ！　わたしは本当に盗まれたのよ！」

着ているドレスよりも白くなりながら、カトリーヌが金切り声で叫ぶ。

今更ながら周囲の冷たい視線に気づき、ヘンリーが狼狽えて目を泳がせる。

義父と義母も、真っ青な顔で立ちすくんでいる。

今にも倒れそうな四人の様子を見て、オリビアはため息をついた。

（……なんかもういいわ。これ以上関わりたくない）

周囲の反応を見る限り、オリビアの盗作疑惑はほぼ解けた気がする。今はもうこれで十分だ。このまま庭園に出てほとぼりを冷まして、式が始まったら戻ってこよう。式が終わって、改めてまた話をすればいい。

彼女がそんなことを考えていた――、そのとき。

「……ずいぶんと騒いでいるな」

会場に、低い男性の声が響き渡った。

オリビアが振り向くと、そこに立っていたのは、中肉中背の傲慢そうな中年男性――領主でありヘンリーの父である、ベルゴール子爵であった。

突然の子爵の登場に、会場は水を打ったように静まり返った。自然と道が開き、子爵が悠然と会場中央にいるオリビアたちの元へと歩いてくる。

「りょ、領主様！」

あからさまに狼狽える義父に、ベルゴール子爵は蔑むような目を向けた。

「今の話を聞く限り、カトリーヌがオリビアのデザインを盗んでいたということになるが、どういうことだ？」

「ち、違います！　オリビアが盗んだのです！」

義父が震えながら必死に声を絞り出す。

ベルゴール子爵が、オリビアに感情のこもらない目を向けた。

「どうだ。オリビア」

オリビアは、顔を上げると、背筋を伸ばしてきっぱりと言い切った。

「いえ。わたしは盗んでなどおりませんし、盗む必要もありません」

ベルゴール子爵が髭を触りながら、なるほど。と、うなずいた。

「ここ半年ほど、わたしもずっと疑問に思っていたのだ。なぜカーター魔道具店があんなことになっているのか、とな。デザインを盗んだのがカトリーヌであれば納得だ」

「ち、違います！」

必死の形相で叫ぶカトリーヌを、子爵がギロリと見た。

「この場で二人にデザイン画を描かせてもいいんだぞ。できるのか？」

「そ、それは……」

「はっきり言ってもらおうか。できるのか、できないのか？」

「……っ」

真っ青になってうつむくカトリーヌを、ヘンリーが信じられないといった目で見る。

子爵が、わざとらしくため息をついた。

「まさか領主であるわたしやヘンリーを謀《はか》るとは、夢にも思っていなかったぞ」

ヘンリーが何かを言いかけるが、子爵の厳しい視線を受けて怯えたように黙りこむ。

子爵は、困ったような表情を作った。

「しかし、そうなると、ヘンリーとカトリーヌの結婚を認めるわけにはいかなくなるな」

「な、なぜですか！」

ヘンリーが驚愕の表情を浮かべて叫ぶと、ベルゴール子爵がため息をついた。

「カトリーヌとヘンリーとでは身分が違いすぎるが、その差を埋めるのがカトリーヌの卓越したデザイン能力という話だった。しかし、それが嘘であると分かった今、結婚を認めるわけにはいかない」

「そ、そんな……！」

目を見開くヘンリーと、真っ青な顔で床に座り込むカトリーヌ。

そんな二人を一瞥《いちべつ》すると、ベルゴール子爵がにこやかに笑った。

「しかし、オリビアがデザインを作成したのであれば、ヘンリーとの結婚には問題ない」

そして、客たちに向かって笑顔を作ると、大声で問いかけた。

「せっかくですし、この場をオリビアとヘンリーの結婚式にしようと思いますが、いかがですかな？」

（……っ！）

オリビアは信じられないものを見る目で子爵を見た。

おかしいと思ってはいたのだ。

なぜ子爵が、元婚約者である自分を呼ぶなどという愚行に同意したのか、と。

（子爵様はカトリーヌの嘘を見破っていたんだわ。その上で、ヘンリー様とわたしを無理やり結婚させるために呼んだんだわ）

突然の展開に、客たちは呆気に取られた。何人かが戸惑ったような表情でヒソヒソとつぶやきあう。

しかし、そんな戸惑いの雰囲気は、一人の立派な服を着た男性の大きな笑い声で霧散した。

「はっはっはっ！　それはいいですな。もともとオリビアとヘンリーは恋仲でしたから、元の鞘《さや》に戻ったということになりますな！」

「わたくしも素敵だと思いますわ。時を経て、真実の愛に辿《たど》り着いたということですもの」

女性が声高に言うと、その意見に賛同するような声があちこちで上がる。

そして、会場を取り囲んでいた使用人たちがパチパチと大きな拍手を始めると、それにつられて拍手をする者が現れた。その数は徐々に増え、拍手の音がどんどん大きくなっていく。

顔をしかめて拍手をしない者や、従妹のミラのように、周囲に拍手をやめさせようとする者もいる。

しかし、飛ぶ鳥を落とす勢いの、来年「伯爵」への陞爵が噂されているベルゴール子爵の意思に、大きな声で逆らえる者はいない。もしかすると、逆らえる者は呼ばれていないのかもしれない。

あまりの事態に、オリビアは呆然とした。拍手がどんどん大きくなっていく中、為す術なく立ちつくす。

そんな彼女を、子爵が顎を上げて傲慢そうに笑いながらながめた。

会場の隅に立っていたメイドたちが、準備を手伝います、とばかりに、素早く近づいてくる。

そして、笑顔のメイドたちが、「こちらへどうぞ」と、オリビアに手を伸ばそうとした、そのとき。

「……心配いりませんよ」

不意に、オリビアの頭上から低く落ち着いた声が降ってきた。

「私は、このために来たのですから」

見上げると、そこにいたのは、見たこともない笑顔を浮かべたエリオットだった。

彼は「大丈夫ですよ」とでも言うように、驚くオリビアの背中にそっと手を当てると、彼女を守るように一歩前に出た。

メイドたちが戸惑ったように後ずさりし、子爵が、「なんだ、お前は」とでも言うように、訝《いぶか》しげな顔をする。

ただならぬ雰囲気を感じ、徐々に拍手がやみ、会場が静まり返っていく。

そして、客たちが見守る中。

エリオットが、冷たい笑みを浮かべて子爵を見据えると、ゆっくりと口を開いた。

「……久し振りですね。ベルゴール子爵。実に面白い余興でしたよ」

第七章 フレランス

（エリオット……？）

突然前に出たエリオットを、オリビアは驚きの目で見た。まさかの行動に、とっさに声が出ない。

エリオットは、そんな彼女に大丈夫ですよ。という風に柔らかく微笑みかけると、表情を一転、感情の読めない笑みを浮かべながら、ベルゴール子爵を静かに見据えた。

「久し振りですね。お変わりないようで何よりです」

執事服を着た初老の男が、額に青筋を立てて大声を出した。

「身の程を弁《わきま》えなさい！　不敬ですぞ！」

いきり立つ執事を興味なさそうに一瞥すると、エリオットは冷たく口角を上げた。

「どうやら、ベルゴール家は使用人への教育がなっていないようですね」

そして、ああ。と気がついたように眼鏡を取ると、片手で髪の毛を掻き上げた。

「失礼。確かにこれでは、わかりませんね」

子爵が、眉間に皺を寄せてエリオットの顔を凝視する。そして、思わずといった風に息を呑んだ。

「あ、あなたは！　エリオット・フレランス様！」

会場がざわめいた。

『今、フレランスって言ったよな？』

『もしかして、あのフレランス公爵家か？』

オリビアは目を見開いた。

フレランスといえば、この国の四大公爵の一つで、貴族に詳しくない彼女ですら知っている大貴族だ。

「し、失礼致しました！　お、お許しを！」

執事が真っ青な顔でぺこぺこと頭を下げる。

そんな執事に見向きもせず、エリオットが微笑みながら驚き固まるベルゴール子爵に話しかけた。

「会うのは昨年の王城でのパーティ以来ですね」

「さ、左様でございます。も、申し訳ございません。お越しになると分かれば迎えを用意したのですが」

愛想笑いをしながら、子爵が見たこともないほど頭を低く下げる。

エリオットが、気にするなという風に優雅に手を振った。

「今日はオリビアのパートナーとして参加しています。余計な気遣いは不要です」

エリオットの言葉に、子爵が顔を引き攣らせた。

「……つかぬことを伺いますが、エリオット様はオリビアとは仲が宜しいのでしょうか？」

「ええ。とても」

エリオットが、端整な顔に美しい笑みを浮かべる。

「し、失礼ですが、ご関係は」

「ずいぶんと野暮なことを聞きますね。……これを見て分かりませんか？」

状況についていけず戸惑うオリビアの腰を、エリオットがその大きな手で守るように引き寄せる。そして、顔を歪ませる子爵を見ながら、口の端を上げた。

「それにしても、非常に面白い余興でしたよ。妹が使えなかったからといって、冤罪を着せて婚約破棄した姉と結婚させようとする。実に面白い」

ベルゴール子爵が何か言おうとするが、エリオットの圧倒的上位者のオーラがそれを許さない。彼はこの場を完全に支配していた。

エリオットが口角を上げた。

「もしもこれが余興ではなく本当だったら、さぞジャスティン公爵は嫌がるでしょうね。あの方は愛妻家で有名ですし、こういった下品な所業を嫌いますから。もしかすると、爵位の件も、品位のなさを理由に、白紙にしろと言い出すかもしれませんね」

子爵が、一瞬、憤怒の表情を浮かべる。しかし、すぐに表情を戻すと、彼は人が良さそ

うな顔で朗らかに笑い出した。

「はっはっは。気に入って頂けたようで何よりです。もちろん余興です」

「そうですか。それは良かった。証人として来たのに、仕事がなくなってしまうかと思いましたよ。まさかそれはありませんよね？」

エリオットが、笑顔のままで鋭い目を向ける。

「ええ。もちろんです」

ベルゴール子爵は愛想よくうなずくと、周囲を取り囲む客たちに笑顔で大声を張り上げた。

「皆様。お騒がせ致しました。余興はこれにて終わりです。これから我が息子ヘンリーと、カトリーヌ嬢の結婚式を行います」

その声に、客たちが我に返ったように息を吐いて、瞬きをした。

止まったかのようだった時間が動き出す。

子爵に睨まれて、執事が慌てたように大声を出した。

「これから式を行いますので、庭園に移動願います」

客たちが、目が覚めたような顔で移動を始める。

エリオットが心配そうにオリビアの顔をのぞき込んだ。

「大丈夫ですか？」

「え、ええ」と、オリビアがなんとかうなずいてみせる。

「あとで事情を説明させてください」と言われるものの、立て続けに起こった信じられない出来事に、頭の中が真っ白だ。

「助けてくれてありがとう」、そう言わないといけないと思っているのに、言葉が出てこない。

呆然とするオリビアを見て、エリオットが辛そうな顔をする。何か言おうと口を開きかけるが、

「エリオット様！　どうぞ！　こちらです！」

特大の笑顔を貼りつけたベルゴール子爵が来てしまい、口を閉じる。

その後、二人は、子爵の案内付きで庭園に移動し、結婚式が始まった。

生気がまるでない真っ白な顔のカトリーヌと、打ちのめされたように俯《うつむ》くヘンリーが、新郎新婦として登場した。

事情を知らない牧師が、笑顔で婚姻の儀式を次々と執り行っていく。

後見人席に座る義父と義母は、まるでペンキでも塗ったかのように真っ青で、遠目から見ても分かるほど体が震えている。

そんな彼らを、客たちが、戸惑いと好奇心の目で見ながら、ひそひそと話している。

正に針の筵《むしろ》だ。

そんな中、オリビアは、ただ椅子に座っていた。

脳裏に浮かぶのは、ついさっき目の前で起こった信じられない出来事だ。

（……エリオットが、フレランス公爵家の人間……？）

麻痺《まひ》した頭を必死に動かす。かろうじて理解できたのは、エリオット・ディックスなどという人間は存在していなかったという事実。そして、オリビアのような準男爵家の娘にとって、エリオットは話しかけるのもままならないような雲の上の人であることだった。

（……っ）

胸に鋭い痛みを感じ、思わず押さえる。表情を保つのに精いっぱいだ。

その後、オリビアとエリオットは、証人として結婚書類の証明欄にサインした。

ベルゴール子爵が、「エリオット様に証人としてサインを頂けるなど、幸福の極みです」と大袈裟《おおげさ》にお礼を言うが、オリビアの頭には入ってこない。

そして、サインが終わったところで式は終了し、参加者たちはぞろぞろと本館の食堂へと移動した。

オリビアはエリオットと共に、豪華な食堂の中央に用意された、ひときわ立派な席へと案内された。他とは明らかにレベルが違う豪華な食事を出されるものの、まるで砂でも食べているようだ。なんとか表情を取り繕ってはいるものの、油断すると顔が歪んでしまいそうになる。

そんなオリビアを、エリオットが心配そうな表情で見つめた。

「オリビア。大丈夫ですか」

大丈夫よ。と、オリビアが精いっぱい微笑む。

「驚きすぎて、うまく頭が働いていないだけよ」

そうですか。と、エリオットが苦しそうに目を伏せた。何度か何か言いかけるも、代わる代わる挨拶に来る人々の対応に追われ、まともに話す間がない。

そして、長い食事が終わり、そろそろお開きという時間になって、心配そうな顔のミラが席にやってきた。

「オリビア、大丈夫？」

「ええ、なんとか。どうしたの？」

「パウダールームに誘いに来たの。もう少ししたらすごく混むから、今のうちに行っておいたほうが良いかなと思って」

こういった食事を伴う集まりの場合、食事のあと、女性はパウダールームで化粧を直し、男性はサロンで談笑しながら待つのが一般的だ。

エリオットがうなずいた。

「行ってきてください。私はサロンで待つことにします」

「じゃあ、行ってくるわ」

「ええ。気をつけて」

オリビアは立ち上がると、背中にエリオットの視線を感じながら、ミラと共にパウダールームに向かった。

（……ダメだわ、頭が働かないし、体がふわふわふわする）

床がふわわふわしていて、足元がおぼつかない。

普通に終わるかと思っていた式場で、カトリーヌに絡まれ、ヘンリーと結婚させられそうになった挙句、エリオットが公爵家の人間だとわかったのだ。頭が全くついていけない。

懸命に普通に見えるように歩いていると、ミラが気遣うように言った。

「びっくりしたわね。まさかあんなことが起こるなんて、夢にも思わなかったわ」

「わたしもよ」

ミラが、くすくすと笑った。

「でも、オリビアの冤罪が晴れてスッキリしたわ。あの人たち、ちょっとかわいそうだったけど、今まで散々ひどいことをしてきたのだもの、自業自得よね」

「……そうね」

そして、パウダールームに辿り着き、ミラが眉をひそめた。

「もうこんなに混んでいるのね」

四方に鏡が設置されているパウダールームの中は、既に化粧を直す女性でいっぱいだ。

これは待つしかないと思っていると、制服姿のメイドが声を掛けてきた。

「奥にも別の部屋がありますので、どうぞ」

待っていた女性の何人かが移動を始める。オリビアとミラもそれについていくと、奥の部屋に通された。こちらの部屋の方が豪華で、仕切りがあり、入り口にカーテンが取り付けてある。フィッティングルームといった風情だ。

メイドが、それぞれの仕切りに女性たちを案内する。

オリビアが、案内された一番端のスペースに入ろうとすると、メイドが手を差し出した。

「こちら、中に置き場がございませんので、お荷物をお預かりします」

「ありがとうございます」

何も考えず、化粧ポーチを取り出して、ハンドバッグを預ける。

そして、カーテンを閉めると、彼女は「はあ」とため息をついた。

(疲れた……。もう訳がわからなさすぎるわ……)

予想外の出来事が続きすぎたせいか、もう何を考えて良いかすらわからない。頭の中にあるのは、「早く帰りたい」、ただそれだけだ。

そして、とりあえず化粧を直そうと、オリビアが化粧台に座ってポーチに目を落とした、その瞬間。

ビリッ。

突然、体に強い衝撃が走った。

「……っ！」

目の前が急に暗くなって、体から力が抜けていく。

しまった、ハンドバッグの中に防御の魔道具を入れっぱなしだったと後悔するが、あとの祭り。

「……うまくいったぞ」

「……早く連れていけ」

という男たちの低い声を聞きながら、オリビアは意識を失った。

オリビアが密かに連れ去られた、少しあと。

「……遅い」

パウダールームを出てすぐの廊下で、ミラが心配そうな顔で、オリビアを待っていた。

(見逃した……、はずない、よね)

ミラのほうが先に個室に通され、出てきたときにオリビアが一番端の個室に入るのを見た。その後、ずっとこうやって廊下にいるから、見逃すはずがない。

（それに、あの端の個室のカーテン、ずっと閉まったまま。……もしかして、体調を崩しているとか？）

ミラはそっとパウダールームの中に入った。端の個室の前に立って、低い声で「オリビア？」と呼んでみるが、返事がない。

もしかして倒れているかもしれないと、ミラがカーテンに手を掛けた。

「……オリビア、開けるわよ」

開いたカーテンの向こうにあったのは、ドレッサーの上に置かれたオリビアの物と思われる化粧ポーチだけ。本人はどこにもいない。

（え！　うそ！）

「オリビア！　いるなら返事して！」

奇異の目で見られるのも構わず大声を出すが、返事はない。個室一つ一つに声を掛けるが、全て別人が入っている。

慌てて廊下に出て、歩いていたメイドにオリビアを見なかったか尋ねるが、戸惑ったように首を横に振られた。

ここにはもういないと悟り、ミラは走り出した。人々が驚いて見るのも構わず、廊下を疾走する。

そして、男性が集まって談笑しているサロンに飛び込むと、ベルゴール子爵に捕まっているエリオットに向かって叫んだ。

「オリビアがいなくなりました！」

子爵が「え？」というような、驚きの表情を浮かべる。

エリオットは素早くその表情を確かめたあと、興奮して咳《せ》き込むミラを座らせて落ち着かせながら、低い声で尋ねた。

「いなくなったとは、どういうことですか？」

「パ、パウダールームの入り口で出てくるのを待っていたんですが、出てこないんです！　おかしいなと思って全部捜したんですけど、いないんです！」

「子爵」と、エリオットが子爵を振り向いた。

「屋敷を捜す許可を頂けますか？」

「も、もちろんです。こちらの家の者にも捜させます」

子爵が、部屋の隅に立っていた執事を呼ぶと、オリビアを捜すようにと命令する。その間に、エリオットはミラと一緒にパウダールームに走った。

パウダールームには数名の女性がおり、談笑している。

「ここからいなくなったのですか？」

「は、はい、あそこのカーテンが開いている端の個室です。あそこに入っていくのを確かに見ました」

エリオットは「申し訳ありませんが、人を捜させてください」と、驚いた顔をしている女性たちに声を掛けると、パウダールームに入った。端の個室の中をのぞき込み、中に見覚えのあるポーチが置かれているのを見つける。

「……オリビアはハンドバッグを持っていたはずですが、どうしたかご存知ですか？」

「わからないです。でも、ここに入っていくときは、このポーチしか持っていなかったと思います」

ミラの答えに、エリオットが険しい顔をする。

その後、エリオットとミラとその家族、子爵と使用人たちが総出で建物中を捜すものの、オリビアの形跡はどこにもなかった。

第八章 予想外の再会

「……リビア！　オリビア！　しっかり！」

遠くから聞こえてくる、どこかで聞いたことのある男性の声に、オリビアの沈んでいた意識がゆっくりと浮上する。

（……この声、誰だっけ）

ボーっとしながら目を開けると、そこにはひび割れた白い天井が広がっていた。

（……ここは一体？）

ぼんやりと天井をながめるオリビアの横から、ホッとしたような声が聞こえてきた。

「良かった。いきなり意識がない状態で運ばれてきてびっくりしたよ」

ゆっくりと視線を動かして声の主を見て。彼女は目を見開いてガバっと飛び起きた。

「ジャック！」

それは記憶よりも少し老けた、カーター魔道具店の元古参従業員ジャックだった。

ある日突然店に来なくなり、義父からは「病に倒れて急遽《きゅうきょ》田舎に帰った」と聞かされていたのだが……。

（なんでジャックがいるの？　そもそもここはどこなの？）

戸惑いながら周囲を見回すと、そこは古いながらも、かなりの広さの部屋だった。

大きな作業台や、魔道具師がよく使う備品が多く置かれているところからすると、魔道具工房かどこかだろうか。

他にもテーブル、タンス、自分が寝かされているソファなどの調度品が置かれており、人が住めるようになっているようにも見える。

（……どういうこと？　ここはどこなの？）

戸惑うオリビアを心配そうに見ながら、ジャックが口を開いた。

「……詳しいことはわからないが、つい一〇分ほど前に、突然ここに運び込まれてきたんだ。顔を見たらオリビアで、本当に驚いたよ。しかも手から血が出ていて……」

そう言われて、オリビアが手を見ると、手の甲に白い布が巻かれており、少し血がにじんでいる。

手当てしてくれたらしいジャックにお礼を言いながら、彼女はだんだんと思い出してきた。

（そうだわ！　わたし、パウダールームに入ったら、いきなりビリッとして……）

彼女は青くなった。

これはどう考えても誘拐だ。悪い予感しかしない。

（パウダールームの入り口でハンドバッグを預かられたのは、中に入っていた魔道具《身を守るもの》を取り上げるためだったんだわ）

彼女は必死に尋ねた。

「ジャック、一体ここはどこなの？」

ジャックが辛そうに目を伏せた。

「……ここは、私の、監禁場所です」

「……監禁場所？」

ジャックの顔が苦しそうに、くしゃりと歪んだ。

「私はずっとこの場所に閉じ込められているのです！」

「……っ！」

オリビアは、目を見開いて息を呑んだ。全身の血が冷えわたり、動悸《どうき》が高まっていく。

彼女は乾いた唇をなんとか動かし尋ねた。

「い、いつから？」

「……三年前です」

（三年前って、店に来なくなった時からってことじゃない！）

そして、オリビアは思い当たった。

もしかして、義父が、自分がゴードン大魔道具店で働いていたことを知っていたのは、ジャック宛に送った手紙を無断で読んでいたからではないか、と。

「ど、どうして監禁なんて……」

「それは……」

ジャックが、苦痛の表情を浮かべながら、理由を説明しようと口を開いた、そのとき。

外が急に騒がしくなった。男性の声と、複数の早歩きする足音が近づいてくる。

（誰か来る……？）

オリビアが身を固くしながら見つめる中、扉が、ギィイ、と、嫌な音を立てて開いた。

ドタドタと音を立てて、険しい顔をしたベルゴール子爵と、真っ白な顔の義父が入ってくる。

予想外の人物の登場に、オリビアは思わず瞠目《どうもく》した。

（……子爵様⁉　まさか、この二人がグルだったということ？）

ベルゴール子爵が、驚くオリビアを鋭く見ると、忌々《いまいま》しそうに義父を睨みつけた。

「やってくれたな。まさかこんな馬鹿なことをするとは」

「も、申し訳ありません。しかし、私はもともとの予定に従ったままででして……」

「この愚か者が！　お前には状況というものが読めないのか⁉　エリオット《あの男》を見て、そのまま実行したら厄介なことになると思わなかったのか⁉」

子爵に怒鳴りつけられ、義父が縮み上がった。

「申し訳ございません！　私は良かれと思っただけで」

など、ひれ伏しながら言い訳をする。そして、這《は》いつくばった姿勢のまま、怒りの表情でオリビアを睨みつけた。

「お前が悪いんだぞ！　勝手に王都になど行きおって！」

オリビアは唇を噛んだ。

「……わたしをクビにして追い出したのは、あなたです」

「う、うるさい！」

がなりたてる義父を、ベルゴール子爵が忌々しそうに蹴とばした。

「黙れ！　邪魔だ！」

「……っ！」

義父が、ぶるぶると震えながら、再び床に突っ伏す。

子爵は蔑むようにその姿を見下ろすと、守るようにオリビアのそばに立っているジャックに命令した。

「お前は隣の部屋に行っていろ」

「し、しかし……」

「大切な魔道具士だ。手荒な真似はせん。お前がいなくならないのなら、他の場所に連れていくまでだぞ」

ジャックが、悔しそうに子爵を睨みつけた。オリビアに「何かあったら叫んでください」と囁くと、部屋の奥にある扉の向こうに消えていく。

その後ろ姿を見送ったあと、子爵は、何の感情もこもらない目で、ソファに座るオリビアを見下ろした。

「オリビア。お前はここで働くんだ」

「……え？」

「聞こえなかったのか？　お前はここで働くんだ。一生な」

子爵の見下すような命令に、オリビアは瞠目した。みぞおちを殴られたかのように声が出ない。

彼女の顔を見て、子爵が、嗜虐《しぎゃく》的に片方の口の端を釣り上げた。

「筋書きはこうだ。結婚式場から勝手に抜け出したお前は、街の外に出て行方《ゆくえ》不明。いくら捜しても見つからず、三年後には死亡が確定する」

頭を殴られたようなショックが、オリビアの全身を貫いた。

（まさか、わたしを死んだことにする気なの⁉）

彼女は立ち上がると必死に言い募った。

「帰してください！　わたしには店があるんです！」

子爵がせせら笑った。

「馬鹿な娘だ。大人しくヘンリーと結婚しておけば良かったものを。自業自得だな。フレランス家の息子など誑《たら》し込んだお前が悪い」

「っ！　詐し込んでなんて……」

怒りの表情をするオリビアに、子爵が馬鹿にしたような顔で肩をすくめた。

「まあ、公爵家の息子が、たかが地方の準男爵家の娘などまともに相手にするはずなどない。気まぐれに遊ばれているだけだろうがな。哀れな娘だ」

オリビアは悔しそうに黙り込んだ。

違う、彼はそんな人じゃない。と思うが、身分差という事実を持ち出されると、何も言えなくなる。

子爵が、そんな彼女を鼻で笑った。

「せいぜい頑張って働くことだな。自分で自分の食い扶持《ぶち》を稼ぐんだ。働きによっては待遇を良くしてやる。まあ、その逆もあるがな」

そして、「行くぞ」と義父を冷たく見下ろして、入り口に向かって悠然と歩き出そうとした、そのとき。

カツカツカツ
屋敷の奥から、石の廊下を複数の固い靴で走る音が聞こえてきた。

「た、大変です！」

真っ青な顔の執事と剣を持った護衛らしき男が部屋に飛び込んできた。

「なんだ。騒がしい」

ベルゴール子爵が眉をひそめると、執事が喘《あえ》ぎながら叫んだ。

「き、騎士団です！　王都の騎士団が、屋敷に乗り込んできました！」

子爵が驚愕の表情を浮かべた。

「どういうことだ！」

「わ、分かりません。突然現れて、ここで違法行為が行われているのは分かっていると」

あの男か、と子爵は忌々しそうに舌打ちすると、義父を睨みつけた。

「本当に厄介なことをしてくれたな」

そして、「すぐに行くと伝えろ、屋敷には絶対に入れるな」と、執事に命令して、歩き出そうとした、そのとき。

「……ぐふっ」

入り口を背に立っていた執事が、急にうめき声を上げて倒れた。

続いてその横に立っていた護衛の男も、「うっ」と唸《うな》り声を上げて崩れ落ちる。

オリビアが驚いて顔を上げると、そこには端整な顔に冷たい殺気を漂わせたエリオットが、剣を片手に立っていた。

眼鏡はかけておらず、ネクタイを外してスーツを着崩しており、腰に剣の鞘を下げている。

彼はオリビアの姿を見て、一瞬ホッとしたような表情をすると、すぐに表情を戻して、ベルゴール子爵を睨みつけた。

「……やっと見つけましたよ。ベルゴール子爵。ずいぶんとふざけた真似をしてくれましたね」

子爵の顔が、驚愕と狼狽で歪んだ。口をぱくぱくと動かすが、言葉が出ない。

床に這いつくばる義父には目もくれず、エリオットが部屋に入ってくる。そして、鋭い顔で子爵に歩み寄ろうとした――、そのとき。

「……くっ！」

突然、倒れていた護衛の男が起き上がった。

勢いよく剣を抜き放つと、声にならない叫び声を上げながら鬼の形相でエリオットに後ろから切りかかる。

(あ、危ない！)

オリビアが声を出す間もなく、ギラリと光る剣が振り下ろされ――

ガキンッ。

剣は、後ろ向きのエリオットに、こともなげに受け止められた。

「くそっ！」

剣を構え直そうとする護衛に、エリオットが目にもとまらぬ速さで剣を振るう。

「がっ！」

護衛が壁に叩きつけられ、後から来た騎士服の男が、それを素早く取り押さえる。

エリオットは、再び子爵の方を向き直ると、完全なる無表情で見下ろした。

「ずいぶんと馬鹿にしてくれましたね。手段を選ばない危ない男だとは思っていましたが、ここまでとは思いませんでしたよ」

「こ、これは違うのです！　これはこの娘が勝手に……っ」

意味のわからない言い訳を口走りながら、子爵が後ずさりする。

エリオットが、無表情のまま一歩前に出る。そして、オリビアの手に巻いてある白い布に目をとめ、瞠目すると、子爵に冷たく尋ねた。

「……彼女に何をしたか、聞かせてもらいましょうか」

「……っ！」

「何をしたと聞いている！」

凍てつくような視線を浴びて、子爵がガタガタ震える。腰を抜かしたように、ずるずると壁際に倒れ込む。

このままだと剣を向けかねない気がして、オリビアはエリオットに駆け寄ると、その腰に抱きついた。

「大丈夫よ！　わたしは大丈夫だから！」

エリオットが、我に返ったように子爵から視線を外す。

そして、足音を響かせながら、新たに駆け込んできた騎士数名と短く言葉を交わすと、剣を腰の鞘にしまって上着を脱いだ。

「オリビア、こちらへ」

脱いだ上着で彼女を包み、部屋の隅に置いてあった椅子に丁寧に座らせる。

そして、その正面にひざまずくと、心配そうな目で彼女を見つめた。

「まずは手を見せてもらいますね」

真剣な顔で手に巻かれた白い布を丁寧に取り、中の擦り傷を見て苦悶《くもん》の表情を浮かべる。

そして、息をつくと、気遣うように尋ねた。

「……他に痛いところはありませんか？」

「な、ないと思うわ」

エリオットは、安堵の表情を浮かべると、オリビアをそっと抱きしめた。

「よかった……。怖い思いをさせて、本当に申し訳ありませんでした」

エリオットのぬくもりに包まれ、肩の力が抜ける。ようやく助かったことを実感する。

二人の横で、騎士たちが震えながら床に這いつくばる義父と、壁際に座り込んでいるベルゴール子爵を拘束し、隣の部屋にいたジャックを保護する。

そして、騎士の一人がエリオットの方を向くと、敬礼をしながら報告した。

「全員確保致しました。屋敷内は現在捜索中です」

「わかった」

エリオットはため息をつくと、オリビアの耳元で囁いた。

「そばにいたいところですが、私は立場上ここから離れられません。先に戻って休んでいて頂けないでしょうか。ホテルに戻ったら改めて謝罪させてください。その時、事情も話します」

オリビアが、戸惑いながらも、大人しくうなずく。

本当にすみません。と、辛そうな顔をすると、エリオットは、小柄でずんぐりとした人の好さそうな初老の騎士の方を向いた。

「彼女に治療を。その後ホテルまで送っていってくれ。中心地から南に少し行ったところにあるローズホテルだ。くれぐれも丁重に頼む」

「承知いたしました」

初老の騎士が前に出ると、オリビアに礼儀正しくお辞儀をした。

「お嬢さん。どうぞこちらへ」

「……は、はい、よろしくお願いします」

心配そうな顔のエリオットに見送られ、オリビアは部屋を出た。

ゆっくり歩く騎士について廊下を歩いていくと、壁際に真っ青な顔をした使用人たちが縛り上げられて、並べられているのが目に入る。

彼女は当惑し眉をひそめた。これは一体どういう状況なのか、結婚式からここまで色々ありすぎて、もう何が何だかわからない。

そもそもここは一体どこなのだろうかと、騎士に尋ねると、ベルゴール子爵の所有する別邸だという答えが返ってきた。

「街から少し離れたところにある古い館でして、楡《にれ》の館、と呼ばれていると聞いています」

そんな館があったなんて知らなかったわ、とオリビアは窓から外を見た。

どうやら建物全体が高い塀に囲まれているようで、その向こうには背の高い木が見える。見つからないように慎重に隠された建物、そんな印象だ。

初老の騎士は、出入り口近くにある部屋の前で立ち止まると、開いているドアから中に声を掛けた。

「怪我をしたお嬢さんを連れてきた。くれぐれも傷跡が残らないように頼む」

中から白衣を着た若い男性が忙しそうに出てきた。オリビアを衝立の奥にあるソファに座らせると、痛いところを確認する。そして、怪我をした手を、箱状の治療用魔道具の中に入れた。

「少し時間がかかりますので、しばらくこのままでいてもらえますか。何かありましたら、すぐに呼んで下さい」

「はい、わかりました」

男性が衝立の向こうに消えたあと、オリビアはソファに座りながら、魔道具をマジマジと見た。

（これ、かなりいいものね）

治癒の魔道具は、人体に負担をかけるため、作るのが非常に難しい。目の前にあるそれは、見たことがないほど高性能なものに見えた。

（相当な腕前の魔道具師が作ったものね。家が買えるくらいしそうだわ。いいのかしら、ここまでのものを使わせてもらって）

横にある窓から庭をながめると、制服を着た体格の良い男性たちが、忙しそうに歩き回っている。

白衣の男性もかなり忙しいようで、しょっちゅう誰かに呼ばれては部屋を出ていったり、何か持って戻ってきたりしている。

（よくわからないけど、大変なことが起きたんだわ）

そして、白衣の男性が誰かに呼ばれて部屋を離れた、そのとき。

「――先生、いるか？」

不意に、若い男性の声が聞こえてきた。続いて部屋にドタドタと入ってくる音がする。

衝立の隙間からのぞくと、制服を着た二人の若い騎士らしき男性が立っていた。

二人は、部屋の中央でぼそぼそと相談を始めた。

「いないな。多分怪我人のところだな」

「言ってあるし、こっちで勝手に探して持っていくか」

二人が、ゴソゴソと部屋の端に置いてある箱を物色し始める。

（何かを取りに来た感じかしら）

そんなことを考えていると、男性の声が聞こえてきた。

「それにしても、見事な大捕り物だったな。さすがはエリオット・フレランスというところか」

（エリオットのことよね）

なんとなく耳を傾けていると、もう一人の男性の声が聞こえてきた。

「確かに見事ではあったが、あのくらいは当たり前だろ」

「まあ、それもそうだな。何せ一般人を囮《おとり》に使ったんだからな」

男が蔑むような声で続けた。

「聞くところによると、あの囮の子、花嫁側の義姉らしいじゃないか。これ以上、囮に適した人間はいないだろ」

（……え？）

オリビアは身を強張らせた。

（……花嫁の義姉って、まさか、わたしのこと？）

オリビアが目を見開いて固まる横で、男たちが話を続けた。

「何でも、この件を解決するために、フレランス家の息子自ら、あの囮の子に近づいたって話だ。よくやるよな」

「まあ、フレランス家は手段を選ばないって有名だしな」

「そういや、あの子、攫《さら》われたんだろ。大丈夫だったのかな」

「一応助けたんじゃないか」

「まあ、それもそうか」

頭を強く殴られたような強いショックが、オリビアの全身を貫いた。心臓が壊れたように激しく動悸する。

そのとき、白衣の男性が部屋に駆け込んできた。部屋の中にいた騎士二人に何かを渡して、見送る。そして、衝立をノックして入ってくると、彼女の手の傷をチェックして、うなずいた。

「治ったみたいだね。顔色が悪いけど、他にどこか痛むところは？」

「……大丈夫です。疲れただけだと思います」

ぼんやりとした様子のオリビアに、男性が気の毒そうな顔をした。

「そうだよね。じゃあ、分団長を呼んでくるから、ちょっと待っていて」

「……はい」

放心しながら答えるオリビア。

ぼうっとしているうちに、初老の騎士が現れた。

オリビアを気遣いながら馬車に乗せ、ホテルに送ってくれる。

そして、「すぐに護衛を寄越すので、ホテルから出ないでください」と言って、立ち去ったあと。

オリビアは、フロントで鍵をもらうと、階段をヨロヨロと上がった。

部屋に入ってドアを背にずるずると崩れ落ちる。

そして、片手で顔を覆ってうめいた。

「……さっきの話、なに……」

そんなはずはない。彼はそんなことをする人間じゃない。

そう思うものの、浮かんでくるのは今まで心の奥底で抱いていた様々な疑問と疑惑だ。

ダレガス駅でたまたま出会った人と友人になるなんて、すごい偶然だと思っていたが、偶然などではなく、ベルゴール子爵と近しい関係にあった自分に近づいてきたのではないか。

なぜ今回ダレガスに一緒に行ってくれるか疑問だったが、実はこの機会を利用するためだったのではないか。

昨日朝、外で知らない男性と話していたのは、今回の打ち合わせだったのではないか。

まさかそんな。彼はそんな人じゃない。

そう思うものの、騎士たちの「囮」という言葉と、ベルゴール子爵の「公爵家の人間が準男爵家の娘など真面目に相手にするはずがない」という言葉、そして二年以上ずっと身分と職業、本名ですら偽られていたという事実が心をかき乱し、彼を信じ切らせてくれない。

オリビアは、混乱で、両手で顔を覆った。

今日は色々なことがありすぎた。義実家のこと、ベルゴール子爵のこと、ジャックのこと、そして、エリオットのこと。もう心の中がぐちゃぐちゃだ。

エリオットは事情を話すからホテルで待っていてくれと言っていた。信じてくれと言っていたし、何か事情があるのかもしれないとは思う。

でも、今はもう何も考えられない。受け止める余裕がない。もう無理だ。

（……帰ろう）

オリビアは、フラフラと立ち上がった。

何も考えず、ただひたすら荷物をまとめて、チェックアウトする。

そして、フロントに、

『ごめんなさい。先に帰ります。助けてくれて本当にありがとう、お礼はいずれ』

という手紙と、借りた上着、もらったコサージュを預けると、フラフラしながら駅に向かい、鉄道馬車に乗って、王都へと戻っていった。

第九章　事の顚末《てんまつ》

王都に帰ってきてから丸一日、オリビアはひたすら眠った。

もともと休む予定だったし、とにかく猛烈に疲れていたからだ。

と、いっても、ずっと熟睡できたわけではなく、夢とも現実とも分からない悪夢を見て、何度も汗だくで飛び起きては、再びベッドにもぐりこむ、を繰り返した。

そして、帰宅から二日目、ようやく起き上がったオリビアの元に、紺色の制服を着た文官らしき男性が訪ねてきた。ダレガスで起きたことについて事情を聞きたいらしい。

思い出すのも辛かったが、これも義務だと思って、いつもの仕事着に着替え、数時間後に迎えに来た馬車に乗っていくと、そこは門に「王都騎士団本部」と書かれた大きな石造りの建物だった。

案内役の騎士について長く広い廊下を歩き、ソファセットが置かれた応接室のような場所に通される。

そこには文官姿の真面目そうな男性二人が並んで座っており、オリビアは色々なことを聞かれた。

ヘンリーとの婚約が決まった経緯。

義父に家と店を乗っ取られたときのこと。

ジャックがいなくなったときのこと。

義父が持ってきた貴族向けの仕事のこと。

ベルゴール子爵のこと。

結婚式場から攫われたときのこと。


嫌な思い出に顔をしかめながらも、きっと必要なことなのだろうと、淡々と答えていく。

そして、聴取が終わり、文官の一人から「何か言い忘れたことや質問はありますか?」と言われ、オリビアが尋ねた。

「あの、ジャックは無事でしたか?」

最後に見たのは、騎士たちに保護されているところだった。顔色が悪かったし、どこか苦しそうだった。大丈夫だったのだろうか。

文官の一人がうなずいた。

「ご無事です。ただ、体調を崩されているそうで、当面は休養が必要と聞いています」

「そうですか」

オリビアは、ホッと胸を撫で下ろした。そして、尋ねた。

「……あの、一体ダレガスで何があったのですか」

　文官二人が顔を見合わせると、うなずきあった。

「被害者でもありますし、あなたには大体の事情をお話しさせて頂こうと思います。他言無用でお願いできますか？」

　オリビアが「はい」とうなずくと、文官の一人がおもむろに口を開いた。

「『銀行札の偽造事件』をご存じですか」

　そう問われ、彼女は思い出した。王都に来る前に、銀行でそんな話を聞いた覚えがある。

「はい。聞いたことがあります」

「それは話が早くて助かります。実は、あの事件の主犯は、ベルゴール子爵だったのです」

「……っ！」

　予想外の話に、オリビアは目を見開いた。

　文官の話では、子爵が隣国から銀行札偽造技術を密輸し、監禁していたジャックに偽造させていたらしい。

「それと、先ほど、あなたの義父がジャックさんに『貴族向けの犬の首輪』を作るように指示していた、と言っていましたね」

「はい」

「ベルゴール子爵は様々な違法行為に関わっていましてね。それは、奴隷売買に使われる隷属の首輪だったことが分かっています。ジャックさんはそれに気がつき、抗議したところ、拉致監禁されたようです」

とんでもない話に呆気にとられながらも、彼女は思い当たった。

「……もしかして、義父がカーター魔道具店を乗っ取ったのは」

「ええ。こちらも子爵の差し金だったようです。そもそも義父が姪《めい》の財産を書き換えて奪うのは法律違反です。その土地の有力な貴族が絡まなければ不可能です」

そう言われ、オリビアは思い出した。ジャックが役所に抗議に行って、何度も門前払いを食らっていた。今の話からすると、あれは子爵が手を回していたのだろう。

「あの、領主様は、どうしてそんなことを?」

「動機については黙秘しているそうですが、恐らく伯爵位に上がりたかったのではないかと言われています」

文官曰く、ベルゴール子爵は非常に野心的な男で、地位を上げるために必要なお金を、違法行為により得ていたらしい。

「犯罪を働くには腕の良い魔道具師が必要だったが、あなたもお父さんも出所の怪しい仕事は受けなかった。だから、使いやすそうな、あなたの義父に声を掛けたようです。あなたの義父も相当お金に困っていたようで、二つ返事で引き受けたそうです」

「……そうだったのですね」

「ええ。当初は、信用のある魔道具店である、カーター魔道具店を隠れ蓑《みの》にして偽造や違法製造をしようと考えていたようです。その後、有能な魔道具師であるジャックさんを監禁して働かせることで、その必要はなくなったようですが」

オリビアはうつむいた。ジャックがずっとひどい目にあってきたと知り、心が波立つ。

文官によると、義父夫婦も違法行為に関わったとして、厳しい取り調べを受けているらしい。

「カトリーヌとヘンリー様はどうなるんですか？」

「二人については取り調べ中です」

文官曰く、二人は犯罪については詳しく知らない模様だが、利益を享受していたことに変わりないことに加え、カトリーヌは盗作の罪に問われているらしい。

「あなたのデザインを盗用したことについても詳細に調べておりますので、直《じき》に結果が分かると思います」

義父母については、ベルゴール子爵への協力の取り調べの後は、店と家を不法に乗っ取ったことについて取り調べるらしい。

そして、話が終わり。

オリビアは応接室を出ると、外まで送ってくれた文官たちに見送られて、夕暮れの空の下、一人帰りの馬車に乗り込んだ。

そして、走り出した馬車の中で、席でうずくまりながら一人頭を抱えた。

（……もう訳がわからないわ。頭がパンク状態よ）

いっぺんに色々起こりすぎて、訳がわからない。

普通に真面目に生きている自分が、まさかこんな大事件の渦中にいたとは夢にも思わなかった。気持ちも心も整理できない。

（いつもだったら、サリーやロッティに相談するんだけど……）

彼女たちに話を聞いてもらいたいとは思うものの、オリビアは迷っていた。

（エリオットがフレランス公爵家の人間だって、多分秘密だと思うのよね）

ニッカは、知っているのかもしれないと思う。昔同じ学校に通っていたと言っていたし、なんと言っても、同じ騎士団の所属だ。

でも、サリーとロッティは今までの言動からして確実に知らない。事情を知らない彼女たちに相談するのはダメな気がする。

はあ。とため息をついて、馬車の窓から街をながめる。夕日に照らされた街を見ながら思い出すのは、エリオットのことだ。

（……こんな状況でも会いたくなるなんて、わたし、エリオットのこと、本当に好きだったのね）

何度も大きなため息をつく。

そして、店に戻り、「ついでだからロッティに帰ってきたと報告しよう」と思いながら店のドアを開けると、そこには心配そうな顔をしたサリーが座っていた。

「オリビア！　良かった！　無事だったのね！」

ホッとした表情を浮かべながら立ち上がるサリーを見て、オリビアは目をパチパチさせた。

（なんでわたしが戻っていることを知っているの？）

彼女の疑問を察したのか、横に立っていたロッティが答えた。

「先ほど、オリビア様が店の前から馬車に乗り込むのが見えましたので、サリー様にお知らせしました」

オリビアは苦笑いした。相変わらずロッティは目端が利く。

サリーが心配そうに目を細めた。

「オリビアったら、よく見たら真っ青じゃない。何かあったの？」

「……まあ、ちょっと色々あったのよ」

オリビアが目を伏せると、サリーの目が真剣になった。

「何があったのか、聞かせてちょうだい」

三人は、店を閉めると、夕暮れどきの作業室に移動した。

魔石ランプを灯すと、紅茶を淹れてくれるロッティをながめながら、オリビアはポツポツと話し始めた。

話すかどうか迷ったのだが、自分一人で抱えきれなかったし、誰かに聞いてほしかったのだ。

話した内容は、

結婚式で、元婚約者のヘンリーと結婚させられそうになったこと。

断ったところ、オリビアが攫われ、エリオットと騎士団が助けてくれたこと。

騎士たちが会話で、エリオットがオリビアを囮に使って事件を解決した、と話していたこと。

ショックのあまり、エリオットを置いて帰ってきてしまったこと。

エリオットがフレランス公爵家だとわかる箇所と、先ほど文官から口止めされた事柄については、「事件性があるから言えないの」と、ぼやかして話す。

眉間に皺を寄せながら聞くサリーと、紅茶をテーブルの上に並べながら黙って耳を傾けるロッティ。

そして、話が終わると、サリーが「なんてことなの」と、痛ましそうな顔でオリビアの手を握った。

「辛かったでしょう。本当にひどい目にあったわね。聞いているだけで涙が出そうだわ」

そして、怒りの表情でテーブルをダンと叩いた。

「エリオットのヤツ！　許せない！　最低だわ！」

怒り狂うサリーの横で、ロッティも沈痛な顔でうなずいた。

「こんなひどい話は聞いたことがありません。よくぞご無事で」

オリビアの目が潤んだ。心が癒されていくのを感じる。

その後。ぽつりぽつりと結婚式の様子などを話していくオリビア。

熱心に話を聞く二人。

そして、全ての話が終わり、考えるように黙っていたロッティが口を開いた。

「……しかし、不思議な話ですね。オリビア様に対して『超』がつくほど過保護なエリオット様が、オリビア様を囮にするなんて」

オリビアは、こくりとうなずいた。彼女も未だに信じられない気分だ。

サリーが、考えながらつぶやいた。

「確かに、聞けば聞くほど変な話だという気がしたわ。ニッカから囮作戦の話は何度か聞いたことがあるけど、囮役は変装した女性騎士が務めているみたいなのよ。オリビアみたいな素人を囮にするとは思えない」

「確かにそうですね。ある程度自衛できる人間ではないと、いざという時に逃げられないですしね」

「そうなのよ。それに、私も思ったわ。オリビアを囮に使うだなんて、エリオットらしくないなって」

オリビアは目を伏せた。

(冷静に考えてみると、彼女たちの言う通りだわ。確かに色々変だわ)

この二年間。エリオットはいつもオリビアを助けてくれた。

落ち込んだときは励まし、やりたいことがあれば力になってくれた。そこに嘘や打算は一切なかった。

身分や職業を隠していたが、それ以外は誠実だったと思う。

(色々なショックが重なって、わたし、冷静じゃなかった。本人から直接事情を聞くべきだったわ)

オリビアは、ふう。と、大きく息を吐いた。

話を聞くのは正直怖い。もしも本当に囮として考えていたならば、立ち直れないほどショックを受けるだろう。でもきっと聞かなければわからないこともたくさんある。

彼女は、心配そうな顔をする二人に感謝の目を向けた。

「ありがとうね。話を聞いてもらって冷静になれたわ。少し怖いけど、エリオットが戻ってきたら、直接事情を聞いてみるわ」

「そうね。それがいいと思うわ。わたしもニッカに聞いてみる」

うんうん。とロッティがうなずく。

その後。サリーとロッティの提案で、三人は外に出た。近くのオリビアの好物を出してくれる店で、お疲れ様会を兼ねた女子会を開く。

そして、その後店に戻ると、買ってきた美味しいお菓子とお茶で、夜が更けるまで楽しくおしゃべりをした。


翌日、オリビアは小鳥の鳴く声で目を覚ました。

（……久々にぐっすり眠れたわ）

ベッドの上に起き上がって、伸びをしながら、昨日元気づけてくれた友人たちに感謝する。

そして、おもむろに起き上がると、カーテンを開けて洗面所に向かった。

洗面所の鏡を見て、「わたし、ずいぶん痩せたわね」と苦笑いすると、手早く朝食を済ませて、一階に下りる。

店舗で掃除をしていたロッティに、「大丈夫ですか」「お休みされたほうが良いのではないですか」と気遣われるが、仕事をしていたほうが気がまぎれると言って、書類仕事に没頭したり、従妹のミラに感謝と謝罪の言葉を綴《つづ》った手紙を書いたりする。

そして、夕方になり、ロッティに「今日は本当にありがとう」と言って早めに帰すと、オリビアは作業室の椅子に座り込んだ。

（……なんとか一日が終わったわね）

ショックのあまり仕事ができないんじゃないかと心配していたが、案外ちゃんとできるし、仕事をしていたほうが色々紛れるらしい。

（この分なら、明日からも大丈夫そうね）

そう安堵していた、そのとき。

チリンチリン。とドアベルの音が鳴った。

（引き取りのお客様かしら）

窓から確認すると、そこには一人の少年が立っていた。手には包装された箱を持っている。

（荷物かしら）

ドアを開けると、少年がオリビアを見上げてにっこり笑った。

「オリビア・カーターさんですね。ディックス商会です。エリオット様からのお届け物があって来ました」

オリビアは思わず息を呑んだ。求められてサインするものの、手が震える。

そして、「ありがとうございます」と立ち去ろうとする少年を呼び止めて、エリオットはどうしたのかと尋ねると、彼はあっけらかんと答えた。

「エリオット様はお忙しいらしくて、しばらく戻らないそうです」

少年が去ると、オリビアは鍵を閉めた。作業室にこもり、震える手で荷物を開く。

「……っ！」

そこには、見覚えのある美味しそうな焼き菓子が詰まっていた。

（これ、おばさんのパン屋のお菓子だわ）

美味しいと言っていたのを覚えていてくれたのね、と、目を潤ませながらお菓子を取り出すと、その下には少し厚めの封筒があった。開けると、中には数枚の便箋が入っており、エリオットのきっちりとした字でこんなことが書かれていた。

『オリビアへ
ホテルのフロントで、あなたの手紙を受け取りました。
あなたには、怖い思いをさせてしまいました。本当に申し訳ありません。』

手紙には、結婚式で守り切れなかったことと、身分と職業を隠していたことについて、謝罪の言葉が真摯に綴られていた。

身分と職業に関しては「詳しくは書けないが」と前置きした上で、家の方針で複数の身分を持たされている。といったことが書いてあった。

(そうだったのね)

身分は一つしか持てないのが常識だが、公爵家ともなれば、複数持てるのかもしれない。

そうなると、ディックス商会の商人というのは嘘ではないし、鉄道馬車で話してくれた「武闘派の実家」とは、フレランス公爵家の話だったということになる。

(もしかすると、ギリギリの話をしてくれていたのかもしれないわ)

手紙には、今回の事件について書かれていた。

『私は、三年ほど前から、偽造銀行札事件を追っていました。ダレガスの駅であなたにお会いした時も、捜査からの帰りでした』

ずっと手掛かりが摑《つか》めず、捜査が難航していたのだが、つい最近、犯行グループが奴隷売買にも手を染めていることが分かったらしい。

そして、偽銀行札と奴隷の首輪を、同じ魔道具師が作っている可能性が高いと分かったところで、オリビアのジャックに関する話を聞いたらしい。

『ジャックさんが行方不明になる前に、貴族用の犬の首輪と門の鍵を作っていたということを知り、引っかかりを感じました。奴隷の首輪を犬の首輪と偽っていてもおかしくないですし、門の鍵の技術と、銀行札偽造の技術が類似しているからです。

また、ジャックさんが突然田舎に帰った時期と、偽銀行札事件が増えた時期がほぼ同時期なのも引っかかりました』

その後、ジャックの故郷に出向いて調査し、ジャックが行方知れずになっていることを突きとめ、結婚式のあとに、ダレガスを捜査する予定だったらしい。

しかし、結婚式も終わりという時になり、オリビアが行方不明になってしまった。

『サロンであなたの帰りを待っていたところ、ミラさんが青い顔で『オリビアがいなくなった』とやってきました。

その後、ミラさんのご家族と手分けをして館内を捜しましたが、あなたはどこにもおらず、目撃者もいませんでした』

そのとき、周囲を警戒させていた部下たちから、怪しい馬車が慌てた様子で出ていき、郊外にある別館に入った、という報告があり、恐らくオリビアが連れ去られたのだろうと、捜査に踏み切ったらしい。

そして、手紙の最後はこう結んであった。

『事件が思った以上の広がりを見せており、立場上、あと一週間はダレガスを離れることは難しそうです。

また、戻ってからも、私にはやるべきことがあります。

それらが終わったら必ず伺いますので、今しばらくお待ちいただけないでしょうか。

本当に申し訳ありません。　エリオット』

オリビアはホッとした。

エリオットが彼女を囮に使おうとしたわけではない、ということがわかったからだ。

こうなってくるとわからないのは、あの騎士たちの『囮の子』という発言だ。あれは一体なんだったのだろうか。

「……ニッカに聞いてみようかしら」

騎士の彼であれば、何かわかるかもしれない。

その後、オリビアは手紙を大切に家に持ち帰ると、枕元に置いて、眠りについた。

第一〇章　追いかけっこ

「もう！　エリオット《あの男》ときたら！　一か月経っても来ないだなんて、何を考えているのよ！」

『サリー・ブライダル・ブティック』の奥にある、ピンクの壁紙の大人可愛い執務室にて。

サリーが顔を真っ赤にして怒っていた。

「ニッカがいたら、首根っこ捕まえてでも連れてこさせるんだけど、あの人、こんなときに限って遠征だし！」

サリーの勢いに、オリビアは苦笑いしながら思った。

確かに、エリオットは「待っていてください」とは言っていた。でも、一か月以上待つことになるのは、想定外だったわ、と。

◇

サリーたちに事情を話してから数日後、オリビアの元に、騎士服姿のニッカが一人でやってきた。

「サリーから聞いた。詳しく話を聞かせてもらえるか」

そう真剣な顔で言われ、オリビアは、ロッティに席を外すように頼むと、彼を作業室に招き入れた。向かい合って座りながら、傷を治しているときに聞いた、若い騎士二人の会話を話して聞かせる。

話を聞き終わり、ニッカが苦々しい顔をした。

「オリビアを囮役にするなんてことは、王都騎士団の名誉にかけてありえない。そいつらの話はひどいデタラメだ」

ニッカの話によると、その若い騎士たちは、騎士団の中でもエリオットとは無関係の場所に所属しており、今回は助っ人としてダレガスに行ったのだろうということだった。

「エリオットは家柄も良いし優秀だから、妬まれやすいんだ」

改めてニッカとエリオットの関係について尋ねると、騎士学校のクラスメイトだったという答えが返ってきた。

「身分の差はあったが、なんとなく気が合って、今でも交流が続いている感じだ」

そして、ニッカが「この件については任せてくれ」と帰っていくのを見送りながら、オリビアはため息をついた。

（混乱していたとはいえ、事情も聞かずに帰ったのは良くなかったわ）

結婚式のあったあの日、本当に色々なことが起こった。

カトリーヌが大騒ぎして、ヘンリーと結婚させられそうになり、攫われた先に、ジャックが監禁されていて、そのあとに、実は公爵家の人間だったエリオットに助けられた。どう考えてもいっぺんに色々起こりすぎだし、混乱したのも無理ないと思う。

（……でも、せめて事情は聞くべきだったわ）

自分はどうも昔から、混乱する状況に弱い。すぐにテンパって極端な行動に出てしまう。今回もプチンと何かが切れて、鉄道馬車に飛び乗ってしまった。

（わたし、もっと冷静になったほうがいいわ……）

はあ、とため息をつきながら、オリビアは秋の気配が漂い始めた空をながめた。

もらった手紙から察するに、あと二週間もすれば、エリオットが現れる。

彼に会ったら、今度こそちゃんと冷静に話を聞こう。お金もたくさん出してもらっているから、ちゃんとお礼を言って支払いたい。

（……まあ、エリオットが、お金を受け取ってくれるかは微妙な気もするけど）

公爵家の人間とわかった今、割り勘したいと言うのは、果たしてどうなのかという気もする。でも、エリオットが誰であれ、お金はお金だし、ちゃんとするべきことだ。ここは受け取ってもらえるようにがんばろう。何にしたら良いかは悩むが、お礼もきちんとしたい。

しかし、そこから二週間経っても、三週間経っても、エリオットが現れない。

何度か、オリビア好みの美味しいお菓子が送られて来たものの、本人は一向に来ない。

そして遂に一か月以上が経ち、サリーに
「エリオットとの話は、どうなったの？」

と尋ねられ、素直に、

「待っているんだけど、まだ来ていないのよ」

と答えたところ、彼女が目を吊《つ》り上げて「あの男、何を考えているのよ！」と怒り出した、という次第だ。

◇

怒れるサリーをなだめ、

「帰ってきたら何か高価なものを買わせなさいよ！」

「考えておくわ」

という会話を交わしたあと、オリビアはサリーの店を出た。

陽《ひ》は既にだいぶ傾いており、影法師を細長く斜めに石畳に映している。

その影法師をぼんやりながめて歩きながら、彼女は小さくつぶやいた。

「……エリオット、きっと忙しいのね」

ニッカの口ぶりや、助けてもらったときのこと、そして公爵家の子息という身分的に考えて、彼は騎士団でかなり上の立場なのだろう。

今回は相当な大事件と聞いている。きっと寝る間も惜しんで仕事をしているのだろう。

(多分、来る時間が取れないいんだわ)

彼が来られないことを残念に思う反面、オリビアはどこかホッとしていた。

(会って、話を聞いて、お礼する。ここまではいいわ。……でも、問題はそこからどうするか、よね)

一番良いのは、全てなかったことにして、以前と同じように「友人」として関係を続けていくことだと思う。気安い友人関係はとても居心地がよかった。

(……でも、まあ、無理よね)

夕暮れの街を歩きながら、オリビアは苦笑いした。

「好き」という感情を自覚してしまった今、友人として接する自信がないし、それはエリオットも同じな気がする。

(それに、わたしたちって、たとえ好きあったとしても、先がないのよね……)

公爵家と準男爵家の爵位順位の違いは、とてつもなく大きい。

おとぎ話の中では、王族が平民の娘と恋に落ちて一緒になる話がよくあるが、それはあくまで、夢物語。現実的には許されない。

特に上位貴族にとって、身分差の大きすぎる相手との交際や結婚は、周囲の強い反対はもちろん、「愚か者」として後ろ指を指されることになると聞く。自分と一緒にいることは、エリオットにとって明らかに良くないだろう。

たとえ、身分をなんとかする方法があったとしても……

（……わたし、貴族のご令嬢にはなれないわ）

自分は、魔道具師の仕事が大好きだ。

デザインも好きだし、お客様を笑顔にしたいと、今までずっとがんばってきた。父から受け継いだ魔道具師の知識と技術を生かして、これからも仕事を続けるのが使命だと思っている。

魔道具師を辞めることはできない。

オリビアは肩を落とした。

（つまり、わたしはエリオットの相手にはふさわしくないんだわ）

彼にふさわしいのは、家柄が良くて身分の高い貴族のご令嬢なのだろう。身分が平民に近く市井で働く自分とは真逆だ。

（……本当は、もう会わないほうがいいのかもしれないわね）

一回は彼に会わなければならない。会って、話を聞いて、感謝とお礼をしなければならないからだ。でも、それ以降は、会わないほうが、きっといい。

オリビアは深いため息をついた。

（はあ……。自分の気持ちを自覚してすぐ、会わないほうがいいと思うなんてね）

重い気持ちを抱えながら、とぼとぼと店に戻る。

店先にあるポストをのぞいて、エリオットから届け物が来ていないことを確認し、再びため息をつく。

そして、「ただいま」と扉を開けて中に入り、

「……えっ！」

彼女は、思わず息を呑んだ。

目に入ったのは、こちらを背にロッティと話をしている、茶色いストライプスーツを着た、背の高い青年の後ろ姿だ。

ドアが開いたことに気がつき、青年――エリオットがゆっくりと振り向く。

少し伸びた金色の髪が、軽やかに揺れる。

彼は、入り口に立ちつくすオリビアを見ると、嬉しそうに微笑んだ。

「オリビア！」

銀縁眼鏡の奥の紫色の瞳が細められたのを見て、オリビアの全身の血が一気に頭に上った。思わず、目を見開きながら後ずさりする。

（ど、どうしよう。すごく恥ずかしい！）

見られているのも恥ずかしいし、恥ずかしがっている自分も恥ずかしい。

そして、とうとう耐えきれなくなり。

「ロッティ！　エリオットを足止めして！」

そう叫ぶと、彼女は脱兎《だっと》のごとく店から逃げ出した。

後ろから、

「オリビア？　え？　ロッティ、離してください」

「いえ、しばらく足止めさせていただきます」

という会話が聞こえた気がするが、そんなことは気にも留めず、夕方の雑踏の中を走る。

足を必死で動かしながら、彼女は内心頭を抱えた。

（……ああ、わたしったら、何をしているのかしら）

エリオットを見た瞬間、訳がわからないくらい恥ずかしくなってしまったのだ。

いつもの緑色の眼鏡ではなく銀縁の眼鏡だったのもあり、すごくカッコいいと思ってしまったし、名前を呼ばれて死んでしまうかと思った。

そして、気がついたらつい走って逃げていた。

（また極端な行動に出てしまったわ……、絶対びっくりしたわよね……）

深く反省するものの、彼女は思った。無理なものは無理だと。

（こんな状態で会って、まともに話ができるとは思えないわ）

これは絶対にもう少し落ち着いてから会ったほうがいい。好きという気持ちが薄れてから会えば、きっと幾分かマシになる。

（帰ったら手紙を書くことにしよう）

今日のことを謝って、しばらく会えないと言おう。

（ちょっと申し訳ないけど、向こうも一か月も来なかったんだもの。お互い様よね。半年くらい間が空けば、多分マシになるわ）

方針が決まり、オリビアは肩で息をしながら立ち止まった。

お金の返却とお礼だけは先に考えないと、と思いながら、顔を上げる。

そして、目の前に広がっている街並みを見て、彼女は大きく目を瞬いた。

（え、ここ、どこ？）

気がつくと、彼女は知らない場所に立っていた。

（どうしよう、また迷った？）

困り果ててウロウロと歩くが、知っている場所が一向に現れない。

そして、これは思い切って辻《つじ》馬車に乗るべきかもしれないと、ふと前方を見て、彼女はホッと胸を撫で下ろした。

少し先に見えてきたのは、夕日に照らされている大きな運河だった。街の南側を流れており、かかっている橋を見れば、大体の場所がわかる。

（夢中で走っていたら、こんなところまで来てしまっていたのね）

彼女は安堵しながら、運河に近づいた。夕暮れの運河はとても静かで、ときおり吹く風が、川面に細かいひだを走らせている。

川沿いに整備された歩道には、背の高い街灯が等間隔に設置されており、もう既に明かりが灯り始めていた。

（懐かしくて、いいながめね）

吸い寄せられるように、運河沿いの歩道に向かう階段を下りる。そして、置いてあるベンチに座って休憩しようと歩き始めた、そのとき。

「オリビア！」

後ろから聞き覚えのある声が聞こえてきた。

慌てて振り向くと、階段の上に、肩で息をするエリオットが立っていた。

（……っ！）

オリビアは飛び上がった。反射的に走り出そうとすると、

「待ってください！」

エリオットが切羽詰まった声を出した。

「追いかけたりして本当にすみません。本来は出直すべきだと思うのですが、今日あなたと話せなかったら、しばらく会えない気がしているのです」

勘が良いわね。と、走り出す格好のまま、オリビアは目を横にそらした。正にその通りのことをしようとしていた。

「長い間待たせて本当に申し訳なく思っていますし、虫が良い話だとも思います。でも、どうか、話を聞いてもらえませんか」

エリオットの希《こいねが》うような目を見て、オリビアはため息をついた。

本音としては、もっと自分の心が落ち着くまで時間を置きたい。でも、今ここで彼を拒否するのは何かが違う気がする。ここまで来たのだ。覚悟を決めよう。

「……わかったわ」

「ありがとうございます」

エリオットが、ホッとした声を出すと、「そちらに行きます」と、階段を下りてゆっくりと近づいてくる。

その様子を視界に収めつつ、オリビアはうつむいて緊張をほぐすように息を吐いた。そして、覚悟を決めて、正面に立ったエリオットを見上げて、

「えっ！」

彼女は思わず口をポカンと開けた。

「ど、どうしたのよ！　エリオット！　傷だらけじゃない！」

風でなびいた前髪の下に見えるのは大きな痣《あざ》だ。よく見ると、顔の横にも痣があり、他

にも小さな傷がいっぱいある。まくった袖から見える腕や手も同様で、右の腕には包帯まで巻いてある。

「……これでも、かなり見られるようにはなったんですが。……まあ、色々ありまして」

エリオットが、気まずそうに視線をそらした。とりあえず座りましょう。と、呆気にとられるオリビアをベンチに座らせると、少し間を空けて自身も座る。

そして、体をオリビアの方に向けると、深々と頭を下げた。

「まずは、改めてお詫《わ》びさせてください。ダレガスでは怖い思いをさせてしまい、本当に申し訳ありませんでした」

「……こっちこそ助けてもらったお礼を言えずにごめんなさい」

オリビアが同じく頭を下げる。

「事件のことについて、どのくらいご存じですか？」

「文官の方に大体のところを聞いたわ。エリオットも手紙に色々書いてくれていたし、何があったかは理解しているつもりよ。――それよりも、どうしてそんな傷だらけなの？　一体何があったの？　来るのが遅くなったことと関係しているのよね？」

オリビアの心配そうな視線を受け、エリオットが、バツが悪そうに目を伏せる。

そして、「まずはそちらから先に話しましょうか」と、つぶやくと、正面に見える夕暮れの運河をながめながら、ゆっくり口を開いた。

「ダレガスから帰ってきたあと、フレランス家に行きましてね。家族に『オリビア・カーター準男爵令嬢に交際を申し込むつもりだ』と宣言したのです」

「……っ！」

想像もしていなかった言葉に、オリビアは目を見開いた。

（は？　え？　交際？　家族に言った？）

「以前話した通り、フレランス家は武闘派でしてね。案の定、父親が『自分の意志を通したければ、俺を倒してからだ！』と言い出しまして、戦ってきました」

「戦ってきた」

「ええ。戦いまして、結果、父には勝ちました。確かに手練《てだ》れですが、寄る年波には勝てないようで、時間はかかりましたが、打ち合いの末になんとか勝利しました」

オリビアは呆気にとられた。なんと言っていいかわからず、「そ、そうなのね」と相槌を打つのが精いっぱいだ。

「ええ。でも、次に一番上の兄が出てきましてね。『次期公爵の俺を倒さなければ、認められん』とか言い出しまして。……まあ、反対というよりは、単に戦いたかっただけだと思いますけど」

「……はあ」

「でも、こちらが厄介でしてね。父と違って体力もありますし、剣の腕も私よりやや上。

なかなか勝負が決められず、最後は奥の手を使いました」

「奥の手」

「はい。防御を捨てて挑みました。お陰で勝ちはしましたが、かなり痣やケガがひどいことになりました」

人に見せられる状態ではなく、そこから数日間、必死で冷やしましたと、エリオットが頬の痣をさする。

オリビアは呆気にとられた。

魔道具で傷を回復できるのは、体への負荷の関係から、せいぜい月に数回だ。恐らく他の怪我がひどかったので、表面上の痣や傷の回復ができず、自力で治さざるを得ない羽目になったのだろう。

「……だから時間がかかったのね」

「遅くなって申し訳ありません。でも、けじめをつけてから会いに行かないと、無責任だと思ったのです」

そう言うと、エリオットは、ふう、と息を吐いた。

秋を感じさせる冷たい風が、彼の金髪をそっと揺らす。

そして、彼は端整な顔に覚悟の表情を浮かべると、ベンチに座るオリビアの前にひざまずき、真摯な瞳で彼女を見つめた。

「オリビア。二年半前に、初めて一緒にカフェに行ったときからずっと、あなたのことが好きです。どうかこれからは、私を友人ではなく、恋人として見てもらえませんか」

オリビアは思わず息を呑んだ。

音が消え、まるで世界に二人しかいないような感覚が彼女を襲う。感じるのは、心の底から湧き上がる喜びだ。

しかし、彼女は切なそうに目を伏せた。

「……わたしは準男爵の娘よ。私と付き合ったら、後ろ指を指されてしまうわ」

エリオットが微笑んだ。

「指されないようにすればいいだけです」

「……それに、わたしは魔道具師をやめられないわ」

辛そうにうつむくオリビアに、エリオットが微笑んだ。

「もちろん知っていますよ。ひたむきに努力するあなたをずっと尊敬してきました」

エリオットが、うつむく彼女の手を、自分の手で優しく包み込む。そして、顔を上げたオリビアを、真摯な瞳で捉えた。

「準男爵家の娘であることも、魔道具師であることも、全部ひっくるめてあなたが好きです。私は、あなたとあなたの大切なものを守りたいのです」

オリビアの視界が揺れた。温かい物が胸の奥からこみ上げてくるのを感じる。

彼女は潤んだ目を細めて微笑んだ。

「わたし、方向音痴よ。今日みたいにすぐに迷ってしまう」

「知っていますよ」

「よく食べるわよ?」

「ええ。そんなあなたが好きになったのです」

エリオットが柔らかく微笑む。

そのとき、二人の間を冷たい風が吹き抜けた。オリビアの髪の毛が風で舞う。

彼が慌てたように立ち上がった。

「今日は冷えますね。体を冷やすと良くありません。とりあえず戻りましょう」

オリビアが、こくりと頷きながら立ち上がる。そして、少し黙ったあと、耳を赤く染めながら小さな声でつぶやいた。

「こういう時に、なんて返事をしたら良いかわからないんだけど。……わたしも、あなたのことが好きだと思うわ」

「……これ以上ない返事ですよ」

エリオットが、幸せそうに微笑むと、オリビアに優しく手を差し出した。オリビアが、恥ずかしそうに、その大きくて温かい手の上に、自分の手をそっとのせる。

淡い紫色に染まった空に、星が瞬き始める。

時刻を知らせる鐘の音が、風に乗って遠くから聞こえてきた。

◇

翌月、新聞にこんな見出しが躍った。

『偽銀行札事件の犯人、捕まる』
『主犯はベルゴール元子爵』

新聞には、偽銀行札を作るために、子爵とその仲間が魔道具師を監禁していたと書かれていた。また、調査の結果、奴隷売買などの違法行為にも手を染めており、その他余罪がないか厳重に取り調べているとあった。

偽銀行札と奴隷売買が、隣国でも起こった事件であることから、一部の新聞では隣国の関与を疑うものもあったが、あくまで憶測にとどまった。

そして、この数か月後。

王都の裁判所にて、ベルゴール子爵とその関係者、およびオリビアの義父家族の裁判が行われた。

ベルゴール子爵は、腕利きの弁護士を雇って必死に抵抗したが、その甲斐《かい》もなく有罪判決となり、約二〇〇年続いたベルゴール家は取り潰しとなった。

主犯である元子爵と、魔道具師の監禁など重要な役割を果たしたカーター元準男爵は、極刑となった。

カーター元準男爵夫人とカトリーヌは、元子爵の犯罪に関与はしていなかったものの、デザイン盗用と資金の違法な使い込みにより、島流し。

ヘンリーは、一族と共に辺境の開拓地に送られることとなった。

また、調査の過程で、オリビアと元準男爵の間に組まれた養子縁組が不法であることが判明。

裁判と並行して、オリビアと元準男爵の関係が審議され、結果、血のつながりもないことから、オリビアとカーター元準男爵とは全く無関係であるという結果が出された。

そして、オリビアを「囮役である」と言った若い騎士二人も、取り調べを受けた。

彼らの話から、裏にこの捏造話《ねつぞう》を広げた人物がいることが判明し、それがもともと王都にいて、問題を起こして左遷されてきた騎士だということが判明した。

なぜ根も葉もないでたらめな噂を流したのかと問い詰められ、噂を広めた騎士はこう白状した。

「王都で活躍するエリオット・フレランスが妬ましくて、評判を下げるために噂を流した」

そして、彼に対して、

「人を助け守り、導く地位にありながら、醜い嫉妬心によって根も葉もない誹謗《ひぼう》中傷を流し、人を傷つけた」

「騎士としての道徳心に欠けており、ふさわしい人格からは程遠い」

として、停職および罰金、降格処分となり、騎士団の下部組織である衛兵見習いからやり直すこととなった。

そして、全ての判決が確定し、この前代未聞の事件は終わりを告げた。

エピローグ　新たな出発

ダレガスでの騒動が終わった数か月後。

透き通った水色の空に、霞《かすみ》のような雲がたなびく春。

色鮮やかな花が咲き乱れるダレガスの街を、青いワンピース姿のオリビアと、グレーのジャケットを着たエリオットが歩いていた。

「本当に、本当に戻ってきたのよね？」

「もちろんです」

二人が向かっているのは、カーター魔道具店だ。裁判の結果、不当に取り上げられたものとして、自宅と共に、オリビアの手に返ってくることになったのだ。

そして、今日、エリオットと共に、戻ってきた自宅と店を見に来た、という次第だ。

緩い坂を歩きながら、オリビアは胸に手を当てた。心臓がドキドキと高鳴っている。

そして、魔道具店が見えるところまで来て、彼女は思わず足を止めた。

（……綺麗になっているわ）

数か月前に見たときは、花壇が雑草で荒れ果てるなど、見るに堪えない状況だった。でも、今は花壇には何もなく、新しそうな柔らかい土で覆われている。

（誰かが片付けてくれたのかしら）

そんなことを思いながら、店の前に立つと、オリビアは目を潤ませた。

見上げた先にある『カーター魔道具店』の看板が、涙でにじむ。

「……本当に戻ってきたのね」

自分を見上げる青い瞳を見つめながら、エリオットが微笑んだ。

「ええ、そうです。この店はあなたのものです」

さあ、どうぞ。と、エリオットに促され、オリビアは緊張しながら鍵を鍵穴に差した。

聞きなれた、カチャ、という音を聞きながら、ゆっくりと扉を開く。

そして、薄暗い店内を見回して、彼女は目を見張った。

「まあ！　ここも綺麗だわ！」

「調査のためとはいえ、騎士団員が踏み荒らすことになってしまいましたからね。人に頼んで綺麗にしてもらったのです」

以前見たホコリとガラクタだらけの店内から一転、床は丁寧に掃き清められており、棚やカウンターの上も綺麗になっていた。

カーテンの隙間から、ピカピカに磨き上げられた窓ガラスが見える。

感極まったように立ちつくすオリビアを見て、エリオットがそっと声を掛けた。

「わたしは少し外を見回ってきますね」

「ええ。ありがとう」

きっと気を遣って一人にしてくれたのだろう、と感謝すると、オリビアは店の中に入った。そっと空気の匂いを嗅ぐ。

（ああ。懐かしい木の香りがする。戻ってきたのね）

ぼやける視界もそのままに、カーテンと窓を開けると、暖かい日の光と共に、春の香りのする風が入ってくる。

外から聞こえてくる楽しげな鳥の声を聞きながら、オリビアは傍にあった木の作業台をそっと撫でた。

（お父様がよく使っていたわね）

（こっちは魔石入れね。ここに魔石を並べて、お客様に選んでもらっていたっけ）

（ここには植木鉢がたくさん並んでいたわ）

そして、店の中央に立つと、思い出すように目をつぶった。

（お父様がここに立って、「誕生日おめでとう」って、魔石から綺麗な蝶々《ちょうちょう》を出してくれて……）

懐かしさに泣きそうになるのを堪えながら、家具を撫でたり、天井を見上げたり、店の中を見て回る。

外から戻ってきたエリオットが、その様子を目を細めて見守る。

そして、店内の確認が一段落したオリビアに、エリオットが尋ねた。

「今後、この店をどうするつもりですか？」

そうね。と、オリビアが考えながら目を伏せた。

「まずは、店を元に戻したいと思っているわ。ランプを下げて、緑の鉢植えを置くの」

なるほど、とエリオットがうなずく。

「そのあとは、ジャックの体調とも相談だけど、とりあえず月に数日営業してみようかって話になっているの。魔石宝飾品を持ってきて並べようと思うし、ゴードンさんも協力してくれるって言っていたし、なんとかなると思うの」

正直なところ、どこまでうまくいくかわからない。でも、この魔道具店を昔のように、来たお客さんが笑顔になって帰る店にしたい。

「オリビアならきっとできますよ」

わたしも力にならせてくださいね。と、エリオットが微笑む。

春風に揺れる白いカーテンの隙間から、暖かな春の光が差し込む中、見つめ合う二人。

オリビアが、ふと恥ずかしくなって目をそらした。

「ええっと、そろそろ行きましょうか。パン屋のおばさんに、あなたのことを改めて紹介したいの」

「それは光栄ですね。美味しいパンも楽しみです」

その後、エリオットに手伝ってもらって戸締りをする。

そして、小さな声で「じゃあね、また来るわ」とつぶやくと、オリビアはゆっくりと店から出て行った。

フレランス公爵家にて

時は遡り、エリオットがオリビアに運河の畔《ほとり》で想いを伝えた、数日後。

王都に隣接するソリティド領にある、広大な敷地を誇るソリティド公爵家本邸内。年代を感じさせる剣や斧《おの》が飾られている、荘厳な執務室にて。

頬に大きな湿布薬を張った、鋭く引き締まった顔をした壮年の男性が、書類仕事をしていた。

男性の名前は、ジェイムズ・ソリティド。

公爵家の当主であり、エリオットの父親である。

ソリティド公爵家は古い家柄で、昔から外交分野を担っている。

ジェイムズも、一年の大半を国外で過ごしており、年に数回こうやって、長男が治めている領地の様子を見るために戻ってきている。

静かな執務室で、机の上に積んである書類を次々と片付けていくジェイムズ。

窓の外は薄曇りで、よく手入れをされた広大な庭園からは、冷たい秋風が木々をさわさわと揺さぶる音が聞こえてくる。

そして、彼が積んであった書類を全て見終わり、やれやれといった風に眉間を揉みほぐしていた、そのとき。

コンコン、というノックの音がした。続いて、

「父上、私です。例の書類をお持ちしました」

という男性の声が聞こえてくる。

「入れ」

ジェイムズの声の後にドアが開いて、長い金髪に紫色の瞳をした、容姿が非常に整った精悍《せいかん》な青年――エリオットの兄であり、次期当主のアーサーが入ってきた。

彼はドアを閉めると、執務机の前に座る父親を見て苦笑いした。

「まだ痣が治っていないのですね」

「ああ」と、ジェイムズが苦々しい顔で、頬の湿布に手をやった。

「エリオットめ。思い切りやりおって」

アーサーが苦笑した。

「お父様も無理をしますね。脇腹の怪我が治りきっていなかったのでしょう」

ジェイムズが厳しい顔をした。

「男の意地をかけた勝負だぞ。怪我なんて言っていられん」

アーサーが肩をすくめた。

「まあ、それはその通りですが。――それで、どうされるのですか」

「どうとは、エリオットが言っていた、オリビアという娘のことか」

「はい、本当に交際をお認めになるおつもりですか？」

父親が難しい顔をした。

「……まあ、普通に考えてありえないだろうな。相手は平民上がりの準男爵の娘だぞ」

「それはそうですが、それならば、なぜ決闘で決める、などとおっしゃったのです」

ジェイムズは、きまり悪そうに目をそらした。

「物事を決闘で決めるのは、我がソリティド公爵家のルールだ。それに、あいつは諜報《ちょうほう》が専門だ。怪我をしているとはいえ、まさかこの私が負けるとは思わんだろう。それに、それを言うならお前も負けたではないか」

アーサーが、袖から見えている包帯をさすりながら、苦笑した。

「まさか防御を捨てた捨て身のカウンターを仕掛けてくるなんて思いませんでしたよ。……つまりは、それだけ本気だったということでしょうが」

「まあ、そうなるだろうな」

はあ、とため息をつく二人。

「それで、母上はこれについて何と？」

「あなたが負けたのだから、あなたが何とかなさい、だそうだ」

「……相当お怒りだったのでは」

「……まあな」

ジェイムズはため息をつくと、手を差し出した。

「書類を寄越せ。あの娘についてだろう？」

「はい。なかなか面白いことが分かりました」

アーサーが一〇枚ほどの書類を手渡すと、ジェイムズが素早く目を走らせた。

「……ふむ。まあ、真面目そうな娘ではあるな。……デザイン賞の金賞受賞に、特許取得。才能には恵まれているようだな」

「そうですね。悪い評判は見当たりませんでした。エリオットをディックス商会の商人だと認識していたようで。公爵家の人間だと知ったのはつい最近のようです」

「例の事件との関わりは？」

「調べたところ、問題の準男爵とは血のつながりがないそうで、恐らく無関係の被害者となると思われます」

なるほど、と、ジェイムズがうなずきながら書類をめくる。そして、最後のページを見て、考え込むような顔をしてつぶやいた。

「……ほう、父親が、あのアラルド・カーターか」

「はい。近年では、ラルフ・カーター、と名乗っていたようです」

「しかも、この娘も、王立魔道具研究所に呼ばれる予定か」

「ええ、機密事項のようで、詳しく調べきれませんでしたが、取得した特許に関係することのようです」

ジェイムズは、ふむ、と腕を組んで考え込んだ。

その様子を、アーサーが静かに見守る。

そして、しばらくして、ジェイムズはゆっくりと口を開いた。

「……そうだな。これは、しばらく何も言わず見守っておくべきだろうな。若い二人には、なかなか重い試練になりそうだ」

「私もそう思います。これにより、破局する可能性も十分にあるかと」

「ここは様子見だな」

「そうですね。試練を越えられぬ者に未来はありませんから」

ジェイムズは立ち上がった。窓際に歩み寄ると、外をながめる。

どんよりとした空の下、色づいた木々が、風に大きく揺らされていた。

追加エピソード エリオット、実はギリギリを攻めていた

それは、オリビアが王都に来て一年目の、年末のことであった。

厚手の紺色のコートを着込んだオリビアが、ハンチング帽に色眼鏡、茶色のコートとマフラーという出で立ちのエリオットと共に、王都の中心を歩いていた。

「今日は天気がいいわね」

「ええ。ここまで晴れるのは久し振りですね」

冬の青空の下、二人が向かっているのは、新しくできたというカフェだ。いつもなら馬車で移動するのだが、今日は天気が良いということで、のんびりと散歩をしながら向かっている。

年末が近いせいもあり、道を歩く人々もどこか忙しげだ。

「王都も年末は忙しそうね」

「そうですね。イベントも多くなりますし」

「忙しないけど、楽しい時期ね」

二人が、そんな話をしながら歩いていると、目の前に、大きな広場が現れた。たくさんの屋台が所狭しと並んでいる。

「あら、こんなところに露店が並ぶのね」

「ええ、年末の風物詩のようなものですね。王都内で幾つかこういう場所ができますが、ここはかなり大きい方だと思います」

広場には、たくさんの人がおり、楽しそうに飲み食いしている。

オリビアが広場の奥の方に見える、赤い派手な旗が立っているテントを指で示した。

「あっちの方に行ってみない？」

「いいですよ。あの赤い旗……遊技場でしょうか」

「多分そうだと思うわ」

広場に入り、人の間を縫うように、赤い旗の方向に歩いていくと、そこはカラフルな看板がかかった屋台が並ぶ楽しげな空間だった。

輪投げ、ボール転がし、フェイスクッキー、くじ引きなどの屋台が並び、子どもたちが嬉しそうに声を上げながら遊んでいる。

エリオットが興味深そうに口を開いた。

「なるほど、こうなっているのですね」

「知らなかったの？」

「ええ、見掛けたことはありますが、こうやってちゃんと来るのは初めてです」

そうなのね、と思いながら、オリビアが屋台たちを指差した。

「簡単に説明すると、ここでゲームをして、高得点を取ると、景品がもらえるの。多分、景品は中央のテントに置いてあると思うから、見に行きましょう」

二人は、楽しそうに遊ぶ人々の間を通り抜けて、赤い旗の立つ中央テントに向かった。

中央テントは、かなりの大きさで、奥には大きな棚が置かれていた。

棚には、人形やおもちゃ、お菓子、可愛らしい絵皿、小さな女神像など、大小様々な品物が並んでいるのが見える。

「色々ありますね」

「ええ、がんばれば何かはもらえるから、子どもに大人気なの」

そう言いながら、テントの前に置かれている看板を見て、オリビアは大きく目を見開いた。

〈景品目録〉
一等　フレランス領への二泊三日鉄道馬車の旅
二等　動くぬいぐるみ
三等　「ローズ・ベイカリー」のパン、半年分
四等　ふかふかタオルセット
……
一四等　クッキー一枚

一五等　キャンディ一個
番外　　ミニキャンディ一個

「……っ！」

「どうしました？」

オリビアの只《ただ》ならぬ気配に気がつき、エリオットが尋ねる。

そんな彼のコートの袖を摑んで引っ張ると、彼女はテント奥にある棚の上部を指差した。

「あれ見て！　二等の棚にあるピンクのふわふわ！」

「ええっと、あれは……、クマのぬいぐるみですか？」

「そう！　あれ、他国で流行っている動くぬいぐるみよ！」

それは、つぶらな瞳をした淡いピンク色のクマのぬいぐるみだった。

大きさは大人が抱えるほどで、横に大きな字で、『海外で大流行！　動くぬいぐるみ』と書かれている。

エリオットが目を細めて、ぬいぐるみをながめた。

「なるほど。あれが」

「知っているの？」

「噂だけは。確か、他国の天才魔道具師が作ったとか」

「そうなの！　聞いた話では、手の叩き方で踊ったり歌ったりするらしいの！」

この子ども向けおもちゃが輸入され始めたのは、つい最近だ。

ゴードン大魔道具店でも「面白そうだ」と話題になり、手に入れようとしたのだが、予約がいっぱいで半年待ちと言われてしまった。

「まさかお祭りの景品にあるなんて、思ってもみなかったわ！」

彼女は思った。あれ、欲しい！　と。

幸い器用なほうなので、こういったゲームは得意だ。一等は難しいだろうが、二等なら、いけるかもしれない。

オリビアは後ろに立っているエリオットを振り返った。

「ねえ、エリオット。これからカフェに行く予定なんだけど、少し遅くなってもいいかしら？」

「わたし、あれ、がんばってみたいの」と、気合十分な顔で、ピンクのクマを指差す。

エリオットは、おかしそうな顔をしながら、うなずいた。

「ええ、もちろんです」

オリビアが、まず向かったのは、『輪投げ』だ。

『輪投げ』とは、遠くに立ててある複数本の棒に、丸い輪を投げる定番ゲームだ。

小さいころから何度もやってきているから、いけるのではないかと思ったのだ。

輪投げの屋台には、一〇歳くらいの男の子が数名おり、うち一人が真剣な顔で、輪を投げている。

「いらっしゃい、挑戦かい？」

受付にいた若い男性が、二人に愛想よく声を掛けてくる。

「はい、大人一人です」

オリビアがお金を払う。そして、男の子が投げ終わった後に、勇ましい顔で投げ位置に立った。

若い女性が挑戦するのが珍しいのか、男の子たちが「姉ちゃん、頑張れよ！」と応援してくれる。

「いきます！」

オリビアは息を吐くと、ゆっくりと輪を投げ始めた。

輪は次々と棒に入り、男の子たちが、「姉ちゃん、やるな！」「頑張れ！　そこだ！」などと楽しげに声援を送る。

オリビアはニヤリと笑った。

（いい感じだわ！　あのぬいぐるみは私のものよ！）

しかし、物事とはそううまくはいかないもの。

「だ、駄目だった……」

輪投げを開始してから、しばらくして。オリビアはがっくりと膝をついていた。

最初はとても調子が良かったのだが、段々狙いが悪くなり、最後は思い切り外してしまったのだ。

落ち込むオリビアを、男の子たちが気の毒そうに慰めた。

「姉ちゃん、元気出せよ」

「そうだよ、うまかったぜ！　七等だってよ！」

受付の男性が首をかしげた。

「七等で落ち込むってことは、何か狙っていたのか？」

「はい……二等のぬいぐるみを」

「ああ、あれか」と、受付の男性がうなずいた。

「人気あるみたいだな。狙ってる奴が結構いる」

オリビアは、ガバッと顔を上げた。これは落ち込んでいる場合ではない。

気を取り直すと、横に立っていたエリオットを見上げた。

「わたし、もう一ついけそうなものがあるんだけど、やってもいい？」

「もちろん、構いませんよ」

その後、オリビアはボール掬《すく》いの屋台に行った。

子どもたちに交ざって、ボール掬いに挑戦するものの……。

「姉ちゃん、すごいな！　五等だ！　おめでとう！」

「……ありがとうございます」

二等には、やはり及ばず。

その後、エリオットも一緒にくじ引きに挑戦し、大いに盛り上がって楽しむものの、結果は二人揃って一四等に終わる。


そして、遊戯を始めてから約四〇分後。

もう一度ボール掬いに挑戦して、またまた五等に終わったオリビアが、難しい顔でベンチに座っていた。

（うーん……。うまくいかないものね）

得意なボール掬いですら、超真剣にやって五等。

他に得意そうなものはないかと見て回ったが、ボール掬い以上に得意そうな遊戯が見当たらない。

（……まあ、そんなに簡単に二等なんて取れないわよね）

通常であれば、諦めるところではあるが、オリビアは、あのぬいぐるみが、どうしても欲しかった。

（店のみんなで、ああでもないこうでもないって、一緒に分析したら、絶対に面白いに違いないわ！　手を叩く回数で動きが違う技術とか、魔石宝飾品でも使えそうだし）

彼女は、なんとかならないものかと、頭を悩ませ始めた。

（もう一回ボール掬いをする？　それとも、新しい遊戯に挑戦して、新たな可能性を試す？）

そして、腕を組みながらウンウンと唸っていると、

「お待たせしました」

屋台に行っていたエリオットが、湯気の立つ飲み物を差し出してくれた。

「どうぞ」

「ありがとう」

オリビアは、お礼を言いながらカップに口をつけた。温かくて甘いココアが身に染みる。

「美味しい、わたし、丁度こういう甘い物が飲みたかったの」

「それは良かったです」

難しい顔から一転、笑顔になったオリビアを、エリオットがホッとした顔でながめる。

そして、手元に視線を落として考え込んだあと、ゆっくりと口を開いた。

「……実は、一つ、やってみたいものがあるのですが、少し付き合って頂けますか？」

「エリオットも何かゲームをするということ？」

「ええ。できそうなものを見つけたので」

「まあ！　それは楽しみだわ！」

オリビアが歓迎の声を上げた。

実のところ、自分ばかり楽しんでいる気がして、少し気が引けていたのだ。彼も一緒に楽しんでくれるなら、これ以上嬉しいことはない。

「それで、何をするの？」

「ダーツです」

「ダーツ」

オリビアは目をぱちくりさせた。

（意外だわ）

ダーツは、騎士や衛兵など、武器を扱うような武闘派の男性が嗜《たしな》むイメージのあるゲームだ。穏やかで、どちらかといえば知性派っぽいエリオットのイメージではない。

（……それに、お祭りのダーツは、難しく設定されているって聞いたことがあるわ）

若い男性が競うようにゲームに興じ、根こそぎ賞品を持っていってしまうことがあるため、お祭りのダーツは特に難しいと聞く。

（でも、やってみたいものをやるのが一番よね）

そして、ココアを飲み終わった二人が、遊技場の奥に行くと、そこには他とは違う雰囲気の屋台があった。

かなり広めの屋台で、その奥の壁には、数字の描かれた的が掛けられている。

屋台を囲んでいるのは、たくさんの体格の良い男性たち。その中央に、肩幅の広い筋肉隆々といった風情の若い男性が立っており、真剣な顔で的に向かって矢を投げていた。

子どもが多い他の屋台とはかなり違う様相だ。

（……可愛くないし、ちょっと怖いわ）

普段接しない荒々しい雰囲気に、やや怯《ひる》むオリビア。

その横で、エリオットが、緩く巻いていたマフラーを、口元を隠すようにきっちりと巻き直した。帽子を目深にかぶり、色眼鏡をくいっと上げる。

そして、「ここで待っていて下さい」とオリビアに告げると、屋台の受付に歩いていった。

申し込みを済ませると、待っているオリビアの横に並んで立つ。

「六人目の、二五一番だそうです」

「結構やる人が多いのね」

「ええ、騎士や衛兵の間では、休憩時間にダーツで気分転換するのが流行っているそうなので、腕試し的な要素があるのではないでしょうか」

「そうなの？」

「ええ、通常のダーツよりも距離が遠いので、難易度が高いようです」

そんな会話をする二人の目の前で、体格の良い若い男性がダーツを投げ始めた。

どうやらかなり難しいらしく、

「ちっ、遠すぎるぜ！」

などと悪態をついている。

矢はなかなか的の真ん中に当たらず、結果、的の中心部に当たったのは一〇本中二本。

その後も、三人の若い男性がゲームに興じるが、皆似たような成績だ。

（ふうん、ダーツってこんな感じの遊びなのね）

オリビアは、興味深くダーツをながめた。初めてちゃんと見るが、輪投げなんて比じゃないくらい難しそうだ。

そして、五人目に、小柄で体格の良い中年男性が出てきた。ベテランの落ち着きを見せ、的の中心部に五本当てる。

「五等だ！」

受付のおじさんが、カランカランと鐘を鳴らして、叫ぶ。

観客たちがどよめいた。

「すげえ！」

「やるな、おっさん！」

点数が良いと尊敬に値するらしく、投げ終わった中年男性を一斉に囲む観客たち。「すごいな！」「尊敬するぜ！」などと肩を叩いている。

そして、ひとしきり騒いだあと。

「二五一番！」

とうとうエリオットの番になった。

エリオットは、軽く手を上げると、コートを脱ぎ始めた。

いつもの茶色のストライプスーツ姿になると、帽子を被り直して眼鏡を上げ、再びマフラーを口元が完全に隠れる位置でギュッと巻く。

そして、「コート持つわよ」と言うオリビアに、「ありがとうございます」とコートを預けると、受付で矢を受け取った。

群衆たちが「頑張れよ！」と言う中、投げる位置である丸い円の中に立つ。

そして、息を軽く吐くと、足を肩幅くらいに開いて、矢を構えた。

邪魔しないようにという気遣いか、群衆たちが静かになる。

オリビアは、思わず胸に手を当てた。自分がやるわけでもないのに、緊張で胸がドキドキする。

（がんばって！　エリオット！）

全員が息を潜めて見守る中、エリオットが流れるように軽く矢を投げた。

カッ！　という音と共に、矢が的の真ん中にほど近いところに突き刺さる。

周囲を取り囲んでいた男性たちから歓声が上がった。

「おお！」

「やるな！　いきなり真ん中いったぞ！」

そんな賞賛の声を気にする様子もなく、エリオットが淡々と二本目を投げる。

再び、カッ！　という小気味良い音がし、今度は矢がど真ん中に突き刺さった。

「すげえ！　初ど真ん中じゃねえか⁉」

「すごいぞ、あいつ！」

続く三本目も、真ん中付近に突き刺さり、群衆が興奮のあまり、わあっという歓声を上げる。

オリビアは、驚きの表情で思わずコートを抱きしめた。まさかこんなにすごい腕前だとは思わなかった。

（がんばって！）

大歓声の中、エリオットが淡々と矢を投げる。

そして、終わってみれば、的の中心部に九本、うち五本はど真ん中という超好成績だった。

カランカラン。

受付のおじさんが、頭上で鐘を鳴らしながら大声で叫んだ。

「出たぞ！　一等だ！」

わあっと歓声を上げて、群衆たちがエリオットに駆け寄ろうとする。

エリオットは、そんな彼らを躱《かわ》すように素早く受付に歩み寄ると、一等の札を受け取りながら、おじさんに耳打ちして、何かを握らせる。

おじさんは、「ＯＫだ」という風にうなずくと、群衆に向かって鐘を鳴らしながら大声を出した。

「兄ちゃんからのおごりで、先着一〇人は無料だ！　早い者勝ちだぜ！」

エリオットに群がろうとしていた男性たちが、向きを変えて、わっと受付に集まる。

その隙に、エリオットが急ぎ足でオリビアの元にやってきた。

「行きましょう」

「え、ええ」

エリオットはコートを受け取り、戸惑うオリビアの手を「失礼」と取ると、早歩きでその場を離れ始めた。

（ああいう人たちに囲まれるの、苦手なのかしら）

彼の大きくて意外とゴツゴツした手に引っ張られながら、「すごかったわ！」と賛辞を送るオリビア。

そして、中央の景品の置かれたテントに行くと、受付のおばちゃんがエリオットの持っている札を見て驚いた顔をした。

「あれま！　一等は三年ぶりだよ！」

「え、三年ぶり？」

「ああ、そうさ。ココだけの話、一等から三等は出るほうが不思議なくらいさ」

おばさんが小声で教えてくれる。

オリビアは苦笑いした。

（道理で、景品が残っているはずだわ）

そして、おばさんが一等の賞品を持ってこようとした、そのとき。

エリオットが穏やかに口を開いた。

「それで相談なのですが、これを、二等と交換できませんか？」

「は？」

「え？」

オリビアが目を見開く。

おばさんが、信じられないといった風に口を開いた。

「……あんた、一等は、旅行券だよ？」

「はい、知っています」

「知っているって、あんた。行き先は、あのフレランス領だよ？　お酒も美味しいし、食事も最高だって話だ」

バカなことはおよし、と、エリオットの肩をバシバシと叩くおばさん。そして、ふと同じく驚いているオリビアを見て、「ははーん」という顔をした。

「あんた、もしかして、彼女へのプレゼントかい」

「ええ、そうです」

「彼女とだったら旅行じゃないのかい」

「いいえ、まだその段階じゃないので」

涼しい顔で言うエリオットに、おばさんが、思わずといった風に吹きだした。

「そうかい、そうかい。まあ、それじゃあ仕方ないかね」

オリビアは慌てた。

「ちょっと、エリオット！　あなたいいの？」

「ええ、オリビアさえ構わなければ、ぜひもらって頂きたいなと」

「そりゃ私は嬉しいけど……、でも、一等よ？」

「フレランス領には仕事でよく行くので、問題ありません」

そんな会話を聞きながら、おばさんが楽しそうに、ぬいぐるみを棚から下ろすと、大きな袋に入れて、オリビアに押しつけた。

「二等の、動くぬいぐるみだ。大切にするんだよ」

「で、でも……」

「でもじゃないよ、もらっときな！　こういうときは男の顔を立てるもんだよ」

戸惑いながらエリオットを見上げると、微笑みながらうなずかれる。

オリビアは「ありがとうございます」と受け取ると、エリオットにぺこりと頭を下げた。

「ありがとう。とても嬉しいわ。でも、本当にいいのかしら」

「ええ、もちろんです。そのために危険を冒したのですから」

危険って何？　と思いながら、改めてお礼を言うオリビア。ギュッとぬいぐるみの袋を抱きしめた。とても嬉しい。

嬉しそうなオリビアを見て、エリオットが微笑んだ。

「では、予定通り、カフェに行きましょう」


そして、空に夕方の気配が漂い始めるころ。カフェで美味しいお菓子を食べた二人が、辻馬車でゴードン大魔道具店に到着した。

エリオットが、身軽に先に降りると、オリビアの降りる手助けをする。そして、彼女が地面に降り立つと、微笑みながら改めて手を差し出した。

「今日は楽しかったです。ありがとうございました。来年もよろしくお願いします」

「わたしこそ、ありがとう。来年もよろしくお願いします」

オリビアが、その大きくて温かい手をそっと握り返す。そして、馬車の中から出して渡された、ぬいぐるみの袋をギュッと抱きしめた。

「ぬいぐるみ、本当にありがとう。大切にするわ」


ちなみに、この一年半後。

オリビアは、「なぜエリオットはダーツがうまいのか」「危険を冒した、とはどういう意味か」について理解して、「あわわ」となるのだが、それはまた別の話である。

オリビア魔石宝飾店へようこそ②
～家と店を追い出されたので、王都に店をかまえたら、
なぜか元婚約者と義妹の結婚式に出ろと言われました～／了

あとがき

こんにちは、優木凛々です。

このたびは、本作を手に取っていただきまして、ありがとうございました。

一巻で不当に奪われた家と店を取り戻し、エリオットと想いが通じ合った二巻でしたが、いかがだったでしょうか。

「小説家になろう」に初掲載した時は、エリオットの正体や銀行札偽造事件の顛末に驚く声が多かったので、同じように意外に思った方もいたのではないかと思います。

個人的には、エリオットがロッティに足止めされるところと、追加エピソードのダーツを投げるシーンが気に入っております。

小説家になろう版でリクエストが多かった、「拳で語るフレランス家」についても、今回はお父様とお兄様に、最後美味しい感じで登場して頂きました。

さて、本作ですが、実は三巻が出ることになっております。

時系列的には、店を取り戻した少し後の話で、エリオットや友人たちに支えられながら父の店の立て直しに奮闘するオリビアの元に、王立魔道具研究から招待状が届くところから話が始まります。

招待状には一体何が書いてあるのか。オリビアのお父さんは一体何者なのか。

そして、身分差があるエリオットとの恋はどうなるのか。

現在鋭意執筆中ですので、企画進行中のコミカライズと合わせて、ぜひ楽しみにお待ちいただければと思います。

最後に、一巻に引き続き素晴らしい挿絵と、表紙に、お父さんの店を見事に描いて下さったイラストレーターのすざく様、担当編集者様、その他、関わって下さったすべての皆様に、この場を借りてお礼を申し上げます。

それでは、また三巻で。

二〇二四年春　優木凛々

MAG Garden NOVELS

オリビア魔石宝飾店へようこそ②
～家と店を追い出されたので、王都に店をかまえたら、なぜか元婚約者と義妹の結婚式に出ろと言われました～

発行日　2024年6月25日 初版発行

著者 優木凛々　イラスト すざく

発行人　保坂嘉弘
発行所　株式会社マッグガーデン
〒102-8019 東京都千代田区五番町6-2
ホーマットホライゾンビル5F
編集 TEL：03-3515-3872　FAX：03-3262-5557
営業 TEL：03-3515-3871　FAX：03-3262-3436
印刷所　株式会社広済堂ネクスト
装　幀　木村慎二郎（BRiDGE）＋矢部政人

ISBN978-4-8000-1458-0 C0093　Printed in Japan

著者へのファンレター・感想等は〒102-8019（株）マッグガーデン気付
「優木凛々先生」係、「すざく先生」係までお送りください。